Das Buch

»Alles, was der ... ge bedarf, ist *m*... mann geachtet und respektiert wird.« Dermaßen klare Eigentumsverhältnisse sollten eigentlich ein harmonisches Familienleben garantieren. Wäre da nicht eine »einzige Ausnahme«, die jenem – natürlich weiblichen – Wesen, das da Frau und Mutter heißt, die Fragwürdigkeit seines Reichtums vor Augen führt ... Anschaulich und treffend demonstriert Christine Nöstlinger in kurzen Glossen die Situation der Frau im alltäglichen Leben. Sie kommt dabei ohne Anklage aus, weil sie weiß, daß frau ihre Einsichten und Ansichten mit einem ironischen Lächeln sehr viel besser an den Mann bringen kann als mit dem erhobenen Zeigefinger.

Die Autorin

Christine Nöstlinger, am 30. Oktober 1936 in Wien geboren, lebt als freie Schriftstellerin abwechselnd in ihrer Geburtsstadt und im Waldviertel. Sie schreibt Kinder- und Jugendbücher und ist für Zeitungen, Rundfunk und Fernsehen tätig.

Christine Nöstlinger:
Manchmal möchte ich ein Single sein

Mit Illustrationen
von Christiana Nöstlinger

Deutscher
Taschenbuch
Verlag

Von Christine Nöstlinger
sind im Deutschen Taschenbuch Verlag erschienen:
Haushaltsschnecken leben länger (10804; auch als
dtv großdruck 25030)
Werter Nachwuchs (11321; auch als dtv großdruck 25076)
Das kleine Frau (11452)
Einen Löffel für den Papa (11633)
Streifenpullis stapelweise (11750)
Salut für Mama (11860)
Liebe Tochter, werter Sohn! (11949)
Mit zwei linken Kochlöffeln (12007)

Die feuerrote Friederike (dtv junior 7133)
Mr. Bats Meisterstück (dtv junior 7241)
Ein Mann für Mama (dtv junior 7307)
Liebe Susi! Lieber Paul! (dtv junior 7577)
Maikäfer flieg! (dtv junior 7804)
Der Denker greift ein (dtv junior 70164)
Susis geheimes Tagebuch/Pauls geheimes Tagebuch
(dtv junior 70303)
Mini muß in die Schule/Mini trifft den Weihnachtsmann
(dtv junior 70340)
Mini fährt ans Meer/Mini als Hausfrau (dtv junior 70364)
Mini muß Schi fahren/Mini bekommt einen Opa (dtv junior
70383)
Liebe Oma, Deine Susi (dtv junior 75014)

Ungekürzte Ausgabe
August 1992
5. Auflage November 1995
Deutscher Taschenbuch Verlag GmbH & Co. KG,
München
© 1990 Verlag Niederösterreichisches Pressehaus,
St. Pölten · Wien · ISBN 3-85326-889-7
Umschlagtypographie: Celestino Piatti
Umschlagbild: Christiana Nöstlinger
Gesamtherstellung: C. H. Beck'sche Buchdruckerei,
Nördlingen
Printed in Germany · ISBN 3-423-11573-4

Inhalt

Lebt der Mensch als Single, mag das ja hin und wieder – oder vielleicht auch sehr oft – ein wenig befriedigender Zustand sein, aber einen Vorteil hat so ein Single-Leben ganz gewiß: Der Single hat keinen ständigen Mahner um sich, der ihn immer daran erinnert, daß er doch dieses oder jenes tun wollte und es nun »wieder nicht« getan hat!

Der Single hat nur sich selbst und sonst niemandem Rechenschaft über die Diskrepanz zwischen Gewolltem und Erledigtem abzulegen.

Der in einer Partnerschaft lebende Mensch hingegen hört andauernd Fragen wie: »Wolltest du nicht heute die Karotten ernten?« Oder: »Wolltest du nicht diese Woche den Steuerkram erledigen?« Oder: »Hast du nun endlich das Zeitschriften-Abo gekündigt, das dir der Pseudostudent aufgeschwatzt hat?«

Man reagiert üblicherweise sehr sensibel, wenn man von seinem Partner mehr oder weniger diskret auf Versäumnisse hingewiesen wird. Gehetzt und gejagt kommt man sich vor! Und behandelt wie ein kleines Kind!

Jetzt spielt er schon wieder Oberlehrer, denkt man etwa verbittert, und benimmt sich dann tatsächlich so, als sei der Partner einer.

Man sagt nicht, der Wahrheit entsprechend, daß man auf den »Steuerkram« keine Lust gehabt habe, sondern man erzählt bewegt von der Unmasse Arbeit, die man erledigt hat, und von den nicht vorhersehbaren Zwischenfällen, die jede freie Minute des Tages so ausfüllten, daß da an den »Steuerkram« einfach nicht zu denken war.

Nimmt einem der Partner das nicht so ganz ab, wird man noch vergrämter.

Wieso, fragt man sich, sitzt der Kerl locker hinter seiner Zeitung und rügt? Warum hat er denn nicht die Karotten geerntet und den »Steuerkram« erledigt?

Würde er sich vielleicht den Zeigefinger verstauchen, wenn er sich daranmachte, das lästige Zeitungs-Abo aufzukündigen?

Der Kerl hinter der Zeitung beantwortet die stummen Fragen, indem er milde spricht: »Nimm dich nicht immer um alles an, wenn du es dann doch nicht schaffst!«

Das ist es, geneigte Leserin. Man darf nicht dauernd laut »hier!« rufen, wenn die Arbeit verteilt wird. Gewöhnt man sich das ab, darf man gelassen seine Zeitung sinken lassen und anmahnen!

»Ich merke doch, daß du was hast!«

In allen Partnerschaften, auch denen, die als harmonisch angesehen werden dürfen, gibt es Tage, die der Harmonie entbehren.

Nein, da war kein Streit, keine heftige Debatte, auch kein Vorfall, der Verstimmung nach sich ziehen könnte.

Und trotzdem: Schon beim Frühstück merkt der eine Kompagnon der Partnerschaft, daß der andere »etwas hat«.

Dumpf hockt der Partner beim Kaffee, Fragen beantwortet er mit »ja«, »nein« oder einem schlichten »hmpf«. Gewiß, auch an harmonischen Tagen gibt der Partner keine ausführlicheren Antworten. Doch an den Tagen, an denen er »etwas hat«, fehlt den Kürzestantworten die übliche Freundlichkeit.

Und er schaut auch so!

Fremd, ablehnend schaut er. Man kommt sich vor, als säße man im Schnellzug Wien–Paris, vom Speisewagenober zu einem Menschen an den Tisch gesetzt, der lieber allein geblieben wäre.

Da man aber nicht im Schnellzug Wien–Paris sitzt, fragt man: »Was hast du denn?«

»Nichts!« sagt der Partner ablehnend.

»Doch!« sagt man. »Ich merke doch, daß du was hast!«

»Was soll ich denn haben?« fragt der Partner, und den Tonfall, in dem er das sagt, kann man als gereizt bezeichnen. Natürlich wäre es klug, jetzt nicht mehr weiter zu bohren. Aber das Benehmen, das der Partner an den Tag legt, ist schließlich nichts anderes als Liebesentzug, und der verunsichert auch nach zwanzigjähriger Gemeinschaft. Also fragt man noch zehnmal nach, die letzten

Male auch schon sehr gereizt. Aufklärung bekommt man keine.

Am nächsten Tag dann ist der Partner wieder wie immer! Und erklärt: »Nichts habe ich gehabt. Aber wenn ich hundertmal gefragt werde, ob ich was habe, werde ich grantig, und dann habe ich was!« Man nickt, aber man glaubt es nicht. Man hat recht damit.

Nach Wochen, unter Umständen, erfährt man dann, warum der Partner an jenem Morgen so sauer gewesen ist. Weil er – nur zum Beispiel – keine Socken ohne Loch gefunden hat! Das hat ihn maßlos verärgert. Da er aber ein vernünftiger, großzügiger Mensch ist, spürt er, daß er wegen löchriger Socken keinen Anspruch auf Gram habe. Also schwieg er.

»Und außerdem«, sagt dann der Partner, »hättest du ja merken können, daß ich wie ein Irrer Socken suche! Aber dir fällt ja nie etwas auf!«

7 Minuten am Tag reden im Durchschnitt Ehepartner hierzulande miteinander! Wie man das herausgefunden hat, weiß ich nicht, aber es scheint eine seriöse Untersuchung zu sein, da anerkannte Fachleute diese 7-Minuten-Redezeit in Vorträgen und Diskussionen immer wieder erwähnen.

Hört man von den 7 Redeminuten zum erstenmal, denkt man: Gibt's ja nicht! Überlegt man die Sache aber näher, muß man einsehen, daß 3,5 Minuten Redezeit pro Partner (die beiden quatschen ja hoffentlich nicht im Chor) reichen.

Aus langer Erfahrung mit Hörfunkmanuskripten weiß ich, daß zwei Seiten zu 28 Zeilen zu 60 Anschlägen bei normalem Sprechtempo ungefähr dieser Zeitspanne entsprechen. Da läßt sich allerhand unterbringen! Über 200mal »Ich liebe dich« zum Beispiel.

Da aber kaum eine Ehefrau das Bedürfnis hat, ihrem Mann 200mal am Tag ihre Zuneigung zu verkünden, bleibt eine Menge Raum für andere Botschaften.

»Ich brauch' Geld« und »Ich bin schwanger« und »Evi bleibt sitzen« und »Schnarch nicht« und »Du wirst fett«. Keine dieser Botschaften braucht mehr Redezeit als »Ich liebe dich«, also sind auch davon noch 199 Stück zu machen.

Nur ist es leider so, daß Eheleute sprachlich nicht so schlicht miteinander umgehen. Die Botschaft, daß Otto kommen wird, fängt ja unter Umständen so an: »Übrigens, was ich dir noch sagen wollte ... Jetzt fällt es mir glatt nicht mehr ein! So was Blödes ... Ach, ich weiß schon wieder! Wegen heut abend war es. Weil gestern nämlich, da hab' ich mit dem Otto telefoniert, und da hat er gesagt, daß die Erika auf Kur ist, und da hab' ich gesagt ...«

Und dann erst erfährt der Ehemann, daß der Otto zum Nachtmahl kommen wird, und die arme Ehefrau hat ihre Redezeit für den ganzen Tag komplett vertan!

Noch schlimmer ist, daß diese 3,5 Minuten ein Durchschnittswert sind! Redet diese Frau weiter, ohne der seriösen Statistik zu achten, müssen zehn andere unschuldige Frauen den Mund halten, um das Untersuchungsergebnis nicht in Frage zu stellen.

PS: Ich werde heute, aus Gründen, die nichts zur Sache tun, mit meinem Mann kein Wort mehr reden. Gut drei Minuten Redezeit sind also frei. Falls eine Leserin Bedarf hat, möge sie sich bedienen!

Ein Mensch, so er alleine mit sich selbst ist, ist ein ganz anderer als in Gesellschaft.

Das merkt man schon an seinem Äußeren, wenn man ihm plötzlich, ohne daß er sich auf uns vorbereiten konnte, gegenübersteht.

Hurtig schließt der Mensch dann allerlei Knöpfchen, zieht Zippverschlüsse hoch, ordnet sein Haupthaar oder entfernt sich sogar kurz, um seine Kleidung zu wechseln, weil er »seinen Aufzug dem Besuch nicht zumuten kann«.

Der Mensch, so er alleine mit sich selbst ist, geht auch mit seinem Körper anders um als unter Mitmenschen. Er kratzt ihn, er bohrt in ihm herum, er stochert, er reibt, er streichelt.

Er legt jedenfalls weit öfter Hand an ihn als unter Beobachtung.

Der Mensch, so er alleine mit sich selbst ist, benimmt sich auch seltsam. Er singt. Ein und denselben Refrain eines Liedes singt er. Und den Gesang paßt er dem Tempo seiner Tätigkeit an. Beim Einseifen des Bauches klingt es wie ein Wiegenlied, beim Schuhputzen wie ein Kampflied.

Allein gelassene Menschen reden auch gern mit sich selbst und mit den Dingen, die sie gerade zur Hand nehmen.

»Ja, ja! Das hast du nun von deiner Schlamperei, mein gutes Kind!« sagt die Frau, die den Erlagschein sucht, zu sich und dann, als sie ihn gefunden hat, zum Erlagschein: »Ach, da bist du ja, mein Bester! Komm, jetzt füllen wir dich aus!«

Manche Menschen allerdings betragen sich auch so, als ob sie allein wären, wenn sie mit ihrem Ehepartner zu zweit sind.

Die Meinung darüber, ob das zulässig ist, divergiert. Die einen meinen, eine Partnerschaft müsse so sein, daß man sich nach intimer Lust und Laune – ganz so, wie wenn man alleine wäre – benehmen dürfe. Sie haben ihre Knöpfchen ungeschlossen, ihre Zippverschlüsse offen, kratzen und bohren an sich herum und tönen dem Partner die Ohren voll und sind ganz erstaunt, wenn sie gefragt werden: »Was hast du gesagt?«

»Ach nichts! Ich hab' nur mit mir geredet«, ist dann die Antwort. Die anderen wiederum spielen auch noch nach zwanzig Ehejahren auf »korrekt«, muten dem Partner weder einen Lockenwickler über der Stirn noch ein Unterhemd zum Frühstück, weder einen Finger in der Nase noch den Anblick eines Hühnerauges zu.

Letztere sind verklemmt, erstere enthemmt. Welche ein Leben lang besser auszuhalten sind, ist schwer zu entscheiden.

Ich muß etwas loswerden, was heutzutage gar nicht »in« ist, was auch garantiert – psychologisch gesehen – grundfalsch ist und mir sicher viel leserbrieflichen Widerspruch einbringen wird: Ich glaube nicht ans »richtige Streiten«!

Damit meine ich gar nicht, daß es nicht gut und wohltuend wäre, wenn Eheleute im Konfliktfalle in Rede und Gegenrede, ganz gleich welcher Lautstärke, das anstehende Problem bereinigen könnten.

Ich behaupte nur, daß die Sache, auch wenn sie einem noch so gut erklärt wird, selten funktioniert.

Ich behaupte sogar, daß es für viele Eheleute gar nichts nützt, das »richtige Streiten« perfekt zu beherrschen, wenn sie nicht in trauter oder untrauter Zweisamkeit leben, sondern in einem größeren Familienverband, der vom »richtigen Streiten« keine Ahnung hat.

Die Kinder, zum Beispiel, können beim »richtigen Streiten« ein arges Hindernis sein. Sie haben von Freunden und Mitschülern gehört, daß auf Ehestreit Ehescheidung folgt.

Daß das nur den »falsch« Streitenden passiert, wissen sie nicht.

Leicht kann es passieren, daß sie die häusliche Lage mißdeuten. Es klingt ja schön, wenn man dagegen einwendet, das sei leicht aufzuklären, da müßten Papi und Mami bloß erklärend eingreifen. Tatsache ist aber, daß viele Kinder ihren Eltern von solchen Ängsten gar nichts erzählen und Papi und Mami oft nicht wissen, mit welchen Befürchtungen sich ihre geliebten Knirpse herumschlagen müssen.

Fast unmöglich wird aber der noch so richtig geführte Streit, wenn eines Streitpartners Mutter im Haushalt lebt. Ich – um einmal privat zu werden – müßte mit so einem Streit warten, bis Mitternacht vorüber ist und meine Mutter zu Bett gegangen ist, denn ihr »zu meiner Tochter halten« und ihr helfendes Mitstreiten an meiner Seite würden dem Ehestreit eine Wendung geben, die kein gelernter und diplomierter Streiter gutheißen könnte.

Nach Mitternacht aber kann ich leider nur noch gähnen; was wahrlich keine günstige Ausgangsposition für mich im Streitfall wäre.

Ich für meinen Teil muß also weiter »cool« bleiben und relativ streitlos durchs Leben wandeln, solange man nur den »Partnern« und nicht den ganzen Familien das »richtige Streiten« beibringt.

Der Mann säbelt eine Schnitte Brot vom Wecken, nimmt das Butterpaket, will Butter aufs Brot streichen, hält jedoch inne und starrt stirnrunzelnd auf das silbrige, grüngestreifte Paket.

»Wieso?« fragt er. »Wieso haben wir keine Aktionsbutter?«

Die Frau, angestrengt in einen Topf mit Brodelndem starrend, zuckt mit den Schultern und murmelt: »Iß doch nicht immer knapp vor dem Essen! Das ist ein schlechtes Beispiel für die Kinder!«

»Dank der Aktionsbutter«, sagt der Mann, und in seiner Stimme schwingt Bitterkeit, »dank der Aktionsbutter haben sich im vergangenen Monat die Lebenshaltungskosten gesenkt. Der Warenkorb nämlich –«

Die Frau unterbricht ihn: »Alles wird teurer, nicht billiger, da hat sich nichts gesenkt!«

»Ich meine«, sagt der Mann und streicht Butter auf sein Brot, »die Lebenshaltungskosten sind weniger gestiegen durch die Aktionsbutter!« Der Mann fuchtelt mit dem Buttermesser. »Aber du bist ja an der Senkung unserer Lebenshaltungskosten nicht interessiert.«

»Doch!« sagt die Frau und rührt das Brodelnde durch.

Der Mann legt das bestrichene Brot weg und nimmt die Zeitung und hält sie der Frau hin. »Da lies!« fordert er. »Das läßt sich sogar in Prozenten ausdrücken!«

Die Frau liest und ruft dann: »Aha! Typisch für dich! Das Wichtigste erwähnst du nicht!«

»Wieso?« fragt der Mann.

Die Frau legt einen Finger auf eine Zeitungszeile und zitiert: »Durch die Preissenkung bei Aktionsbutter und

Schnittblumen!« Dann schleudert sie die Zeitung auf den Tisch. Die Zeitung sinkt flatternd auf das Butterbrot.

Die Frau ruft: »Würdest du mir regelmäßig Blumen schenken, hätten wir uns vergangenen Monat allerhand erspart!« Sie runzelt die Stirn. »Dreißig mal zwanzig Rosen! Da machen zehn Prozent weniger schon was aus! Um das Geld, das du dir da erspart hättest, hätt' ich mir ein neues Kleid kaufen können!«

Der Mann starrt ergriffen.

»Aber so viel Butter«, fährt die Frau fort, »daß wir vom Preisunterschied reich werden könnten, kann ich gar nicht kaufen!«

Der Mann verläßt die Küche. Die Frau schaut trüb hinter ihm her und murmelt: »Immer wenn man ihm die Wahrheit sagt, geht er! Das verträgt er einfach nicht!«

Die Taktik der Heinzelmännchen

Die Taktik der Heinzelmännchen

Jede gelernte Ehefrau und Mutter weiß, daß es zu ihren obersten Pflichten gehört, dem Manne und den Kindern ein gemütliches Heim zu schaffen. Rundherum wohl fühlen sollen sich die Lieben!

Sonst rennen sie nämlich weg und suchen sich das Kuschelige, Heimelige, Kosige außer Haus; der Mann bei einer anderen Frau, die Kinder bei Freunden.

Um der Familie dieses Wohlbehagen zu bereiten, braucht es nicht viel! Ein bißchen heitere, ruhige Wesensart, ein Häuchlein Verständnis und Toleranz und die kluge Einsicht, daß eigene Bedürfnisse immer hintan zu stehen haben, reichen da schon! Wenn sich die Ehefrau und Mutter erst einmal diese artige Grundhaltung angeeignet hat, muß sie nur mehr auf ein paar Äußerlichkeiten achten. Die Wohnung, zum Beispiel, ist sehr wichtig!

Wohlig-wohnlich muß sie sein. Und da sind wieder zwei Grundregeln zu beachten: Einerseits hat sie ordentlich und sauber zu sein. Andererseits muß sie auch unordentlich und schlampig sein. Das klingt wie ein Widerspruch, ist aber keiner! Die Sache ist einfach und so gemeint:

Alle Familienmitglieder lieben es, ein hübsch aufgeräumtes Wohnzimmer zu betreten, um dort fernzuschauen, Zeitung zu lesen, zu stricken oder sonst einer artigen oder abartigen Freizeitbeschäftigung nachzugehen. Daß die guten Leute während dieser Tätigkeit essen und trinken und rauchen, ist normal. Manchmal entleeren sie auch Knopfschachteln oder schleppen Hammer und Nudelbrett herbei, um – modische Knopfvariante – Drucker einzustanzen. Durch solche Aktivitäten kommt Unordnung in die gute Stube. Natürlich wissen bemühte Hausfrauen, daß man die Lieben nicht dazu anhalten darf, den Mist wegzuräumen. Aber viele Hausfrauen wissen nicht, daß es auch stört, wenn sie den Mist abtransportieren. Das wirkt nämlich, höre ich von Kindern und Männern, »ungemütlich«. Und erzeugt Schuldgefühle. Einfach den Mist liegen- und stehenlassen geht aber auch nicht. Sonst fühlen sich die Kinder und der Mann ja nicht wohl, wenn sie am nächsten Abend ins Wohnzimmer kommen! Doch auch das Problem ist einfach zu lösen. Irgendwann einmal verlassen die Lieben ja erschöpft das Wohnzimmer! Dann darf die Hausfrau saubermachen! Ganz so, als wären die Heinzelmännchen am Werk!

Familienangehörige lieben Heinzelmännchen!

Viele Kinder haben ganz merkwürdig Abneigungen, was Nahrungsmittel anbelangt. Manche Mutter mehrerer Kinder sieht zum Beispiel mit gerunzelter Stirn beim Mittagessen jedes Kind einen anderen Bestandteil aus der Gemüsesuppe holen und auf dem Tellerrand oder Tischtuch ablegen.

Der Tommi mag die Erbsen nicht, die Gabi mag die Fisolen nicht, der Xandi hat etwas gegen Karfiol und die Evi gegen Karotten.

Gottlob geben sich diese Marotten bei den meisten Kindern im Laufe der Jahre.

Meistens geben sie sich dadurch, daß ein Kind bei fremden Leuten ißt, wo es nicht wagt, etwas aus der Suppe zu holen, und dann Erbsen schluckend oder Karfiol mampfend merkt, daß man vom Genuß dieser Gemüsesorten nicht stirbt.

Ich kenne auch eine junge Dame, die bekam bis vor kurzem Schreianfälle, wenn man sie zum Verzehr von Fisch animieren wollte. Nun hat sie sich in einen jungen Herrn verliebt, der leidenschaftlicher Fischesser ist. Seither ist sie gierig nach Fisch.

Erste Liebe kann also auch Gaumentrendwende bedeuten.

Manche Menschen behalten jedoch ihre kindlichen Futterabneigungen bis ins Erwachsenenalter bei. Ich habe oft einen jungen Herrn zu Gast, der mag keine Zwiebel. Eine Speise, in der Zwiebel ist, verweigert er.

Jedesmal, wenn er sich bei mir zum Essen niederläßt, fragt er: »Ist da Zwiebel drinnen?« und schaut mißtrauisch auf seinen gefüllten Teller. Auch beim Gulasch fragt er das und fügt hinzu: »Meine Mutter macht nämlich das Gulasch ohne Zwiebel, wegen mir!«

Dann nicke ich und sage, ohne schamrot zu werden: »Ich hab' keine Zwiebel reingetan!«

Und der junge Mann futtert zwei Portionen Gulasch, und es schmeckt ihm prächtig. Er hat nämlich nichts gegen Zwiebel, er hat was gegen glasige, gut sichtbare Zwiebelstücke, aber das weiß er nicht, das wissen nur seine Mutter und ich!

Mich kann man nicht so hinterfotzig reinlegen! Ich nämlich esse keinen Mohn, habe noch nie Mohn gekostet. Als Kind hat mir meine Schwester erklärt, das Schwarze im Mohnstrudel seien Ameisen.

Aber Mohn ist eindeutig! Da kann mir keiner vormogeln, es sei kein Mohn im Strudel.

Der verzweifelte Feiertagseinkauf

Viele Hausfrauen leben in der Angst, ihre Familie nahrungsgemäß unterzuversorgen. An Werktagen kommt diese Angst nicht zum Tragen, da man ja jederzeit Nachschub besorgen kann.

Beim Wochenendeinkauf, gar wenn dem Sonntag noch ein feiertäglicher Montag folgt, ist die Sache schwieriger. Ganz schwierig wird sie, wenn sich dazu noch Besuch angesagt hat.

Für gewöhnlich ist Edi ein freudiger Esser, der zwei Schnitzel leicht verputzt und sich gern ein drittes aufdrängen läßt. Oft ißt er sogar mit derart animierender Lust, daß ansonsten karge Esser angesteckt werden und auch ein zweites Schnitzel wollen. Wenn aber Edi, der für Montag erwartet wird, sich am Sonntag schon den Magen überfüllt haben sollte, will er bloß ein klares Süpplein und animiert keinen Mitesser zu doppelter Portion.

Auch das Rätsel, wieviel Brot man für drei Tage braucht, ist nicht zu lösen, weil der Sohn nicht hundertprozentig weiß, ob seine vier Freunde am Sonntag kommen werden. Diese Ungewißheit zieht wiederum Ratlosigkeit beim Wurstkauf nach sich.

Und der Milchbedarf ist ebenso unergründlich. Einmal trinkt die Tochter drei Krügel Milch pro Tag, einmal will sie sogar den Frühstückskaffee »schwarz«.

So kauft die Hausfrau eben »für alle Fälle« ein: doppelt so viele Schnitzel wie – realistisch gesehen – nötig, auch Zutaten fürs eventuelle Supperl. Den Besuch der Sohnesfreunde nimmt sie als sicher an, und zu guter Letzt, Samstag, fünf vor zwölf, rast sie um ein Steak, weil ihr eingefallen ist, daß die für Sonntag geladene Hedi kein Hendl mag.

Und dann hat der Edi wirklich einen verdorbenen Magen, und die Freunde des Sohnes kommen nicht, und es ist nicht die Hedi, sondern die Berti gewesen, die Hendln nicht ausstehen kann! Und die Tochter hat über die Feiertage eine milchabstinente Periode!

Am Dienstag glotzt die Hausfrau dann betreten in einen vollen Eisschrank und schwört sich, zu den nächsten Feiertagen frugaler einzukaufen! Das tut sie auch. Aber dann ist die Situation halt leider wieder ganz anders!

Da ist der Edi dann bei bestem Gusto, die Tochter schreit nach Milch, die Berti ist zu Besuch und mag wirklich kein Hendl, und vier hungrige Knaben verstehen die Welt nicht mehr, und aus dem Zimmer des Sohnes hört man die bange Frage: »Wieso habt ihr nicht einmal ein Stückl Brot im Haus? Seid ihr so arm?«

Es gibt runde Nähkörbe, eckige, mehrstöckige mit schwenkbaren Laden und raffinierten Abteilungen für alles, was an Nähzubehör je erdacht wurde. Auch gewöhnliche Dosen und Schachteln können Nähgut aufnehmen ...

Warum also in vielen Familien Nähzubehör eine dicke, lange Wurst aus Faden, Band, Zwirn und Zippverschluß – quergespickt mit Nadeln, Ösen und Knöpfen – ist, ist ein Rätsel.

Wieso die Wurst auch Lockenwickler, 6-Ampere-Sicherungen und Hansaplast in sich birgt, ist noch rätselhafter.

Da Nähzubehör teuer ist, kann man so eine Wurst nicht wegwerfen. Man hockt sich eines geduldigen Abends hin, lockert auf, zupft, zieht, schneidet – wenn's nimmer anders geht –, sortiert und freut sich dann über den famos adretten Anblick eines ordentlichen Korbs.

»Na und?« fragen Mann und Kinder verständnislos, wenn man das Wohlsortierte stolz vorzeigt.

»Daß mir da keine Unordentlichkeit mehr reinkommt!« sagt man drohend.

Mann und Kinder nicken ohne Interesse, man selber aber hat den Vorsatz, die heile Nähkorbwelt zu erhalten. Und man hält sie! Jede Nadel kommt nach getaner Arbeit ins Kissen retour, jedes Deckelchen wieder aufs Doserl, jedes Öserl ins Öserlabteil. Doch dann, eines Tages, erbleicht man! Ein Vandale war am Werk! Einen Knopf oder ein Haftel mußte er gesucht haben, und Knöpfe und Hafteln sind zu einem breitgestreuten Bodensatz geworden! Man geht von Mitbewohner zu Mitbewohner und bezichtigt und erntet den Vorwurf der Kleinlichkeit. »So ein Getue um ein paar Knöpf'!«

O.k.! Kleinlich will man nicht sein. Soll der Korb einen Bodensatz haben! Aber wenn eine strenge Ordnung einmal durchbrochen ist – das gilt nicht nur für Nähkörbe –, sickert Nachlässigkeit durch. Auch bei einem selber. Wenn schon Knöpfe herumkugeln, fühlt man sich nicht animiert, das Schrägband wieder aufzurollen, wenn schon Schrägband mit Zwirn verbandelt ist, kann auch ruhig über dem Nadelkissen ein Spinnennetz aus Fäden sein.

Und ein passendes Haftel findet man tatsächlich am ehesten, wenn man alle Hafteln durch die Finger gleiten läßt. Und dann hat man sie bald wieder, die alte Nähzeugwurst. Was nicht so schlimm ist, denn der geduldigen Abende sind etliche.

Schlimm wird es nur, wenn alle Scheren derart in die Wurst verfilzt sind, daß man keine mehr zum Wurstaufschneiden hat.

Gesichtscreme für den Eiskasten-Marder

In längst vergangenen Zeiten hatte jedes bessere Haus eine Speisekammer. Und jede bessere Hausfrau trug, irgendwo am Leibe verborgen, den Schlüssel zu dieser Speisekammer, damit weder Mann noch Dienstmädchen an die nahrhaften Schätze herankonnten.

Unsereiner hat nur mehr in Ausnahmefällen ein Dienstmädchen, und eine Speisekammer – versperrt oder offen – ist in den meisten Haushalten auch eine Rarität. Was unseren Ahnfrauen die Speisekammer war, ist uns der Eisschrank.

Versperrbare Eisschränke mag es ja als Spezialanfertigung auf Bestellung irgendwo zu kaufen geben, aber mir ist keine Familie bekannt, die so ein Ding besäße. Obwohl ein versperrbarer Eisschrank des öfteren ein wahrer Segen wäre und tiefe Verstimmungen unter den Familienmitgliedern verhindern könnte.

Trüge die Hausfrau den Eisschrankschlüssel an einem Ketterl um den Bauch, könnte es – zum Beispiel – nicht passieren, daß der Sohn zur Jause und in aller Unschuld die vier Rollmöpse aufißt, die sich der Papa als Traumnachtmahl bestellt hat.

Es könnte auch nicht geschehen, daß eine ratlose Hausfrau knapp nach Ladenschluß verzweifelt und erfolglos den Eiskasten nach dem Becher Sauerrahm durchsucht, um das Kalbsgulasch zu binden, und dann von der Tochter erfahren muß, daß diese den Sauerrahm als nachmittägliche Zusatznahrung verzehrt hat.

»Wie hätte ich denn wissen sollen, daß du den brauchst«, verteidigt sich die Tochter und hat sehr recht damit.

Aber es wäre ja auch irgendwie sonderbar, würde die Hausfrau Eisschrankgut, das der Familie tabu sein sollte, mit Hinweisen auf diesen Umstand versehen. Das würde erstens Zeit kosten, zweitens viel denkerische Vorsorge, und drittens sähe es ziemlich kleinlich aus!

Dringlichst ist so ein Hinweis allerdings dann zu empfehlen, wenn die Hausfrau etwa biologisch reine und daher leicht verderbliche Gesichtscreme im Eisschrank in einem neutralen Töpfchen aufbewahren will.

Wird diese nämlich vom nicht vorgewarnten, aber sehr hungrigen Ehemann auf eine Semmel gestrichen und mit Emmentalerkäse belegt, kann das Folgen haben, die ich gar nicht zu schildern wage.

Einkauferziehung im Supermarkt

Vor ein paar Tagen, beim Verlassen eines gigantischen Supermarktes, hatte ich plötzlich eine peinliche Erkenntnis, und das kam so: Ich hatte den riesigen Gitterwagen brav gefüllt und war matt und müde bei einer der unzähligen Kassen angelangt.

Ich tat meine Waren auf das Kassenfließband. Die Dame an der Kassa fing zu tippen an. Sie tippte und tippte. Dann kam sie an ein Glas Leberwurst. Sie drehte es unwillig murmelnd in den Händen und suchte nach dem Preis. Aber die Leberwurst war, wie man so hübschhäßlich sagt, nicht »ausgepreist«.

Die Dame seufzte und stellte das Leberwurstglas seitwärts ab und tippte weiter. Nach etlichen Gütern, die sie anstandslos passieren ließ, kam eine Packung Schinken in Folie. Und der war auch nicht »ausgepreist«. Die Dame seufzte wieder, legte den Schinken zur Leberwurst, tippte weiter, drückte eine Taste, überreichte mir den Kassastreifen und wartete auf Geld.

»Und was ist mit dem?« fragte ich und wies auf Leberwurst und Schinken, die ich eigentlich schon als meine Habe und mein Gut betrachtet hatte.

Die Kassa-Dame sprach: »Des laß ma! Des hat kan Preis!«

Ich zahlte, stopfte die freiwillig ausgehändigten Waren in vier Tragtaschen und machte mir meine Gedanken.

Ich dachte: Unwillig, grantig und sonstwie feindlich der Kundschaft gesinnt schaut die Kassa-Frau nicht aus. Freundlich schaut sie aus, sie lächelt, sie grüßt höflich, sie hat nichts gegen mich!

Sie glaubt bloß nicht, daß Schinken und Leberwurst für

mich von irgendeiner Wesentlichkeit seien. Sie unterstellt mir, dachte ich mit sanfter Empörung, daß ich Dinge in den Wagen gelegt habe, die ich gar nicht brauche!

Ich warf der Kassa-Dame einen rügenden Abschiedsblick zu und entfernte mich, meine vier schweren Taschen schleppend. Und mit jedem Schritt wurde mir klarer: Die Kassa-Dame hat ja recht. Sie hat mir nichts unterstellt, sondern sie ist im Laufe ihrer Kassa-Arbeit eine weise Frau geworden!

Weder Schinken noch Leberwurst, mußte ich mir eingestehen, waren für meine weitere Haushaltsführung vonnöten. Und gut die Hälfte der Sachen, die ich da parkplatzwärts trug, hätte die Kassa-Dame auch seelenruhig zurückbehalten können, ohne daß meine Lieben Hunger gelitten hätten!

Einen ergebenen Handkuß der Kassa-Frau! Sie hat mehr Erziehungsarbeit an mir geleistet als fünf lange Abhandlungen über falsches Konsumverhalten.

Was manche Textilwarenerzeuger bei der Herstellung im Sinn haben, kann ich nur als teuflische Hinterlist bezeichnen. Wie sonst verfiele ein Blusenerzeuger auf die Idee, Baumwolle mit Plastikgarn zu nähen, welches bei der Temperatur, mit der man Baumwolle bügelt, schmilzt.

Wahrscheinlich sitzt der Kombinierer von knitternder Baumwolle und schmelzendem Plastik am Abend kichernd zu Hause und malt sich aus, wie ich dem Bügeleisen, welches nicht mehr gleiten will, fluchend die Plastikreste von der Sohle kratze.

Und dann ruft er seinen Freund, den Wäschefabrikanten, an und verrät ihm den Jux. Und der übertrumpft den Kerl noch und besetzt die Ränder von Baumwollslips mit Nylongummi und stickt Nylonrosen auf, die bei Bügeleisenkontakt auf beinharte Wuzerl verkrümeln.

Aber die beiden sind harmlose Schäker gegen den Menschen, der auf kochechte Bettwäsche Knöpfe näht, die in der 60-Grad-Wäsche zu niedlichen Muscheln werden. Und die Modeschöpferin, die ihre Schneiderinnen anweist, ohne Nahtzugabe zu schneidern, und untersagt, die zwei Millimeter Stoff hinter der Naht mit Zickzackstich zu sichern, leistet ein echtes Lausbubenstück!

Wie muß die Frau doch versonnen grinsen, wenn sie sich vorstellt, wie die Trägerinnen ihrer Kreationen eine Hand in den Taschenbeutel versenken und mit allen fünf Fingerchen die Beutelnaht im Nu durchstoßen haben und dann im Mantelsaum nach dem Schlüsselbund fahnden.

Satanisches tut sich auch bei Schulterpolstern. Bei waschbaren Kleidern sind sie nicht nur nicht waschbar, sondern oft so in die Armkugelnaht einbezogen, daß man den halben Ärmel abtrennen muß, um sie zu entfernen. Sind sie hingegen waschbar, sind sie bloß mit drei lockeren Stichen fixiert, die sich aufgelöst haben, bevor das Kleid zur ersten Wäsche muß.

Alltägliche Herstellerstücke sind die Knöpfe! Abgesehen davon, daß sie mit zuwenig Stichen angenäht wurden, läßt man aus dem Knopf ein listig lockendes Fadenenderl baumeln. Zieht man an dem, wird es zu einem gekrausten Faden, und der Knopf ist abgesprungen.

Schlaue Hinterlist beweist auch der Erzeuger meines roten Badetuches mit dem Anhänger »farbecht«. Als ich mich erregte, weil das Tuch trotzdem viel weiße Wäsche, mit der es die Trommel teilte, tief rosa färbte, wurde mir erklärt, »farbecht« heiße nicht, daß das Stück keine Farbe abgebe, sondern bloß, daß es trotz jeder Menge Farbabgabe seine eigene schöne, rote Farbe behalte!

Als ich zum erstenmal, unter Anleitung meiner Mutter, Kaffee kochte, ließ ich Wasser in einem Topf sieden, schüttete Kaffeemehl dazu, drehte, als das schwarze Zeug schäumend hochkroch, schnell das Gas ab und wartete, bis sich die wallende Sache ordentlich gesetzt hatte.

Ein paar Jahre später kaufte meine Mutter eine »Karlsbader«. Da schäumte nichts mehr hoch, da brauchte sich nichts mehr »setzen«, da mußte man bloß schlückchenweise Wasser zugießen. »Ein echter Fortschritt«, sprach meine Mutter. Allerdings dauerte das Zugießen seine Zeit.

So kauften wir ein paar Jahre später eine italienische Espressomaschine. Hei, ging das hurtig! Wasser einfüllen, Kaffee ins Sieb, zuschrauben, aufs Gas stellen, und schon brodelte oben schöner dicker Kaffee heraus. »Ein echter Fortschritt«, sprach meine Mutter.

Aber viel Gerbsäure war halt in so einem Kaffee, und die tat dem Magen nicht gut. So kauften wir ein paar Jahre später einen Filter samt Tüten. Das war aber nun wirklich einfach und bekömmlich! Kaffee in die Tüte, anbrühen lassen, aufgießen, und schon rieselte Kaffee in die Kanne. Und als wir dann erst die Filtermaschine hatten, da mußten wir nicht einmal mehr brühen und aufgießen, da tröpfelte die Sache automatisch vor sich hin.

»Ein echter Fortschritt«, sprach meine Mutter. Aber, ganz ehrlich, ein bißl dünn war der Filterkaffee schon, und herzkrank waren wir ja nicht! So kauften wir ein paar Jahre später eine richtige Espressomaschine wie im Kaffeehaus, nur kleiner. Anheizen, Kaffee ins Sieb, Sieb in den Siebhalter, Siebhalter in die Maschine, Hebel herunter, und schon blubberte fauchend tiefschwarze, schäumende Köstlichkeit in die Tasse. »Ein echter Fortschritt«, sprach meine Mutter.

Nur macht so eine Maschine halt viel Dreck. Kaffeemehl und Kaffeesud bröseln überall herum, und der Hahn tropft nach. Zum Reinigen der Maschine braucht man länger als zum Kaffeetrinken.

Darum kaufte ich mir jetzt ein kupfernes Gefäß mit Stiel und koche darin Wasser auf und schütte Kaffeemehl hinein und lasse aufschäumen und »setzen«. Türkischer ist nämlich köstlich und im Nu fertig; auch wenn er leider kein »echter Fortschritt« ist.

Meine Tochter hat ein kombiniertes Weckuhr-Radio-Dings, das hat eine Taste obenauf, und wenn man sie drückt, posaunt eine männliche Computerstimme die Uhrzeit aus. Diese Computerstimme ertönt aber nicht nur auf Tastendruck, man kann sich auch von ihr wecken lassen.

Und wer ein zögerlicher Aufsteher ist, kann die Stimme dazu verhalten, in Abständen von zehn Minuten neuerlich Meldung zu machen.

Die junge Generation erfreut sich an solchen Geräten. Kommt jugendlicher Besuch, spielt er gern mit dem sprechenden Radiowecker herum und probiert alle Möglichkeiten aus, die das Ding in sich birgt, und ich fahre hinterher und nächtlich aus dem Schlafe hoch, weil im Nebenzimmer eine monotone Stimme verkündet, es sei gerade zwo Uhr siebenundvierzig.

Mein altmodisches Herz steht dann so still, als wären nebenan Einbrecher mit Mordabsichten! Dann fällt mir ein: War ja bloß der irre Wecker! Ich schlummere wieder ein und schlafe, bis der Kerl verkündet, nun sei es schon zwo Uhr siebenundfünfzig!

Fluchend tappe ich ins Nebenzimmer, knipse das Licht an und nehme den Störenfried zur Hand. Rot blinkt er mir »2,58« zu. Ich drehe ihn, wende ihn, drücke probeweise etliche Tasten, drehe an etlichen Knöpfen, mein schlaftrunken Hirn sinnt, wo die Bedienungsanleitung für das irre Ding stecken könnte, aber ein schlaftrunken Hirn schafft so eine Überlegung natürlich nicht.

Die Zeit vergeht, drei Uhr und neun Minuten ist es bereits. Aha, denke ich, da muß ich zufällig doch die rechte Taste gedrückt haben, sonst hätte der Kerl ja »drei Uhr sieben Minuten« gesagt! Zufrieden tappe ich ins Bett zurück, aber kaum habe ich mich zurechtgelegt, ertönt nebenan Popmusik. Mit Ö3 soll ich den jungen Tag beginnen!

Ich ziehe die Decke über den Kopf, aber die Daunen sind nicht schalldicht. Endlich fällt mir ein: Das verflixte Ding hängt ja an einem Kabel! Ich springe auf, rase ins Nebenzimmer, rufe »Jetzt hab' ich dich!« und kopple den Kerl von der Stromzufuhr ab.

Ab nächstem Jahr, habe ich gelesen, wird es auch Waschmaschinen, Geschirrspüler und Tiefkühltruhen geben, die sprechen können. Mir, beim »Sprechenden Radiowecker« beeide ich es, werden solche Dinger nie ins Haus kommen!

Etliche Fähigkeiten, die man zum angenehmen Leben braucht, lassen sich – mehr oder weniger mühsam – erlernen. Aber es gibt ganz simple Sachen, die nicht erfolgreich erlernbar sind.

Zu den simplen Sachen, die man kann oder nicht kann, gehört – zum Beispiel – das Reklamieren und Umtauschen von Waren, die sich in irgendeiner Weise als defekt, nicht passend oder das Versprochene nicht haltend erwiesen haben.

Talentierte Umtauscher vollbringen Höchstleistungen. So kenne ich eine alte Dame, die hielt einen üppigen Briefwechsel mit einer Bügeleisenfirma so lange aufrecht, bis man ihr ein vier Jahre altes Bügeleisen gegen ein neues eintauschte.

Und ich kenne eine junge Dame, die kaufte in einem Laden ein T-Shirt für 100 S, trug es einmal, fand sich darin aber »blaß« und tauschte es in einem anderen Laden, welcher die gleiche Sorte von Leiberln führt, gegen einen Gutschein über 200 S ein. Und erstaunlich an der Sache fand die junge Dame bloß, daß sie dabei 100 S verdient hatte.

Ich habe leider kein Umtauschtalent. Der einzige Umtausch, der mir je gelang, war der, wo mir eine Verkäuferin im hektischen Freitagabendgedränge einen linken 40er-Schuh und einen rechten 38er-Schuh in den Karton packte. Von dieser Verkäuferin wurde ich am Samstag vormittag mit großer Freude begrüßt. Sie wußte ja schließlich auch nicht recht, was sie mit einem rechten 40er und einem linken 38er anfangen sollte.

Ansonsten jedoch bin ich ein Umtauschversager. Wenn

mein Luxusblazer nach dem Putzen um drei Nummern zu klein geworden ist, bin ich ratlos. Soll ich mich in der Putzerei beschweren? Sinnlos, sage ich mir, da ich das Kleingedruckte auf dem Putzereizettel gelesen habe. Soll ich in den Laden marschieren, der mir vor drei Monaten den Schrumpfjanker zu Höchstpreisen angedreht hat? Nach längerem Überlegen schenke ich dann den Blazer einer kleinen, dünnen Person und sage mir, daß Freudebereiten eine gute Sache ist.

Mißerfolge im Leben habe ich ohnehin schon reichlich. Warum also soll ich mir noch beweisen, daß ich nicht fähig bin, meine gerechten Ansprüche gegenüber einer Verkäuferin durchzusetzen.

Wer nicht schon als »Sieger« den Laden betritt, ist verloren. Wer nicht durch sein Eintreten und Auftreten dem Verkäufer signalisiert: An der beiß' ich mir die Zähne aus!, hat keine Chance. Und das ist mein Trost: Ich will überhaupt nicht so ausschauen, als ob man sich an mir die Zähne ausbeißt!

Eine weitverbreitete Meinung, speziell unter Männern, ist, daß man durch die Führung eines »Haushaltsbuches« viel Geld einsparen könne. Wenn man erst einmal, kugelschreiberblau auf kariert, erblickt, wofür man sein gutes Geld verschleudert hat, sagen die Haushaltsbuchfreunde, merkt man genau, wo Einsparung möglich ist, und handelt danach.

Wahrscheinlich ist das wirklich so, aber ich habe es trotzdem noch nie mit so einem Buch probiert, weil ich seit meiner Kindheit Vorurteile gegen häusliche Buchhaltung habe.

Als Kind nämlich kannte ich etliche Frauen, die so ein Buch führten, und sie taten es nicht freiwillig, sondern auf Anweisung der Ehemänner. Sie saßen dann einmal die Woche gefurchter Stirn über dem aufgeschlagenen Buch und addierten und verglichen Rechnungen mit Eintragungen und fragten, barsch wie pensionierte Oberlehrer, was denn, um »Buchhalters willen«, dieses ewige »Diverses« heißen solle!

Verständlich also, daß sich in mir der Eindruck breitgemacht hat, Haushaltsbücher scien eher Unterlagen zur besseren Kontrolle durch den Familienpatriarchen als Sparhilfen.

Außerdem weiß ich eigentlich schon beim Greißler, daß 10 dag original italienische Mortadella mehr kosten als eine Knackwurst; dazu brauche ich keine Buchführung. Und daß der Strumpfhosenverbrauch in meinem Haushalt ein enormer ist, ist mir klar. Doch wer von den drei Strumpfhosenträgerinnen im Hause der Hauptunkostenverbraucher ist, würde mir auch das karierte Buch nicht offenbaren, da wir in Strumpfhosengütergemeinschaft leben.

Kurz und gut: Ich mag Haushaltsbücher nicht!

Aber ich hätte, wenn es schon um Auflistung zwecks Einsparung gehen soll, einen anderen Vorschlag! Wie wäre es mit einem Wegwerfbüchlein?

In dem stünde dann, zum Beispiel, am Ende dieser Woche: 13 dag Extrawurst (leicht grün), 7 dag Krakauer (dürr), 4 Eiklar (vom Krapfenteig), siebenmal 6 Erdäpfel (geschmalzen), 5 Handvoll Nudeln, 6 Schöpfer Reis, 1 l Milch (sauer), 3 Sardinen, 1 Angorapulli (bei 90 Grad gewaschen), 1 Serviertablett (durch glühheißes Reindl verbrannt) ...

Klarer als durch so ein Wegwerfbuch könnte einem gar nicht werden, wie und wo zu sparen ist. Und bleibt Ihr Wegwerfbuch, geneigte Leserin, leer, dann sind Sie ohnehin eine Sparmeisterin und bedürfen keiner Unterstützung.

Manchmal geht ein Ehepaar mit Kleinkind essen. Dieser Ausgang wird selten ein Vergnügen, denn die Anstrengungen, die man unternimmt, um ein Kind »lokalfähig« zu halten, sind enorm.

Ich sah Eltern, die zu keinem warmen Bissen kamen, weil sie unentwegt ein Saftglas vor dem Kippen bewahren mußten. Irgendwann kippte es doch, näßte Tisch und Kind und brachte, nach Trockenlegung beider, Konfliktstoff: Ob neuer Saft bestellt wird! Die Entscheidung liegt beim Kind.

Quengelt es leise, bleibt das Glas leer. Brüllt es laut, kommt neuer Saft; denn Eltern werden in Lokalen kaum erziehlich.

Anderes Ungemach bringt der Kindertrieb, »Selbermachen« zu wollen. Essen mit Ketchup garnieren etwa. Davon können Knirpse so angetan sein, daß sie mit dem »Selbermachen« erst enden, wenn alle Nahrung unter roter Soße verborgen ist. Dann wollen sie neue Nahrung. Um an ihr den Senfspender zu erproben.

Größere Kinder lieben Salzstreuer, Zahnstocher und Bierdeckel. Sie bauen daraus Häuser, legen Gärten an, und der Streuer wohnt darin. Dumm ist nur, daß sie die Bierdeckelhäuser so hoch planen. Die stürzen dann ein, und ein Deckel klatscht in Papas Suppe. Und manche Ober mögen es nicht, wenn sich Kinder von allen anderen Tischen die Zahnstocher holen!

Auf das Nachtischeis aber freut sich jedes Kind. Leider kommt es dann in einem hohen Glas, schlagobersverziert, soßeunterzogen. Das Kind nimmt den Löffel und sticht ins Hochgetürmte. Die Köstlichkeit rinnt glasabwärts in die Untertasse. Das Kind löffelt aus der Untertasse, verzieht das Gesicht und spuckt.

Bis zur Küche ist die Bitte, den »Coup Rio« ohne Rum zu servieren, halt nicht gedrungen! Die Mutter verspricht dem Kind ein Stanitzeleis für später, und der Vater ruft seufzend nach der Rechnung.

Zu Hause geloben Vater und Mutter fernerhin Abstinenz von derartigen Unvergnügen und träumen davon, daß kinderfreundliche Wirte außer einem »Rotkäppchen-Steak« noch anderes zu bieten hätten: Stühle diverser Höhen, Eßwerkzeug für Kinderfinger, Babybecher, die nicht kippen, und als Wichtigstes – aber das kann kein Wirt beschaffen: An den anderen Tischen sollten Leute sitzen, die durch Blicke und Worte Verständnis zum Ausdruck brächten!

Darum – namens vieler Eltern – folgende Bitte: Wenn Sie wo essen, und am Nebentisch quält sich ein Paar mit Kind durchs Menü, lächeln Sie ihm zu! Spenden Sie noch ein paar Bierdeckel! Sagen Sie, auch wenn es gemogelt ist, daß Sie sich nicht inkommodiert fühlen! Tiefster Dank wird Ihnen sicher sein.

Eine Mutter berichtete mir, daß ihr Sohn in letzter Zeit von dem, was die Schule zu bieten hat, nicht angetan war und ihr fernbleiben wollte.

Als Taferlklaßler – ohne die raffinierten Schwänzermöglichkeiten der reiferen Jugend – verfiel er auf die verzweifelte Idee, gleich nach dem Erwachen aufs Klo zu gehen, um sich dort einzuschließen. Weder freundliches Locken noch wildes Pochen, noch Drohungen konnten ihn zum Verlassen des Örtchens bewegen. Er rief bloß: »Ich bin noch nicht fertig!«

Ein Psychologe riet zur Geduld. Man müsse, sagte er, den Grund des Schulunwillens erforschen; dann werde sich der Klotick von selber geben.

Die Mutter wäre zu dieser geduldigen Methode bereit gewesen, hätte der Knirps nicht das Klo als Zuflucht gewählt. Aber in diesem Haushalt gibt es auch noch einen Vater und zwei Töchter! Herzzerreißende, nervenzermürbende Szenen spielten sich jeden Morgen vor dem Klo ab. Der Vater, ansonsten liberaler Erzieher, Ächter roher Gewalt, ließ sich zu Morddrohungen hinreißen, und die Schwestern waren willens, diese ohne Skrupel auszuführen.

Es gab einen Trick, das Kind aus dem Klo zu locken! Die Mutter rief: »Dreiviertel acht! Wir müssen gehen!«

Dann imitierten alle hastige Schritte und Aufbruch. Man riß die Wohnungstür auf, schlug sie wieder zu, schlich leise zum Klo und wartete mit angehaltenem Atem, bis der getäuschte Knabe die Tür öffnete. Dann entriß man ihm die Tür, stieß ihn ins rauhe Leben hinaus und stritt nun untereinander, wer in größerer »Not« und in welcher Reihenfolge das Örtchen nun zu benutzen sei.

Eine Woche währte dieser unwürdige Zustand, dann beendete ihn die Mutter durch Abschrauben des Türriegels.

Diese Geschichte, so sonderlich sie ist, ist aber nur die Zuspitzung eines Morgenzustands, der in allen Familien von einiger Größe auftritt. Es gibt ja nicht nur verzweifelte Knirpse, sondern auch hartleibige Dauerhocker und Kloleser und Bauchwehkranke. Und wenn der Lokus nicht Ursache des Morgenelends ist, ist es das Bad.

Schon eine Tochter, die das hygienische Recht wahrnimmt, zu duschen, Wimmerl auszudrücken und sie unter perfektem Make-up zu verdecken, bringt alle andern in Morgenpanik. An das schreckliche Los derer, denen

satanische Bauherren das Klo ins Bad gebaut haben, will ich gar nicht denken!

Warum es in Wohnungen für größere Familien nicht schon längst zwei Klos gibt und im Bad mehrere Waschbecken, ist rätselhaft, denn für alle Architekten, die ich kenne, ist das eine Selbstverständlichkeit! – Zumindest in ihren eigenen Wohnungen.

Familienharmonie – um welchen Preis?

Der alte, aus k. u. k. Zeiten stammende Ausdruck »Beschwichtigungshofrat« kommt ja schön langsam in Vergessenheit, da unsere republikanischen Hofräte in diesem Metier kaum mehr unterwegs zu sein scheinen.

Dafür hat aber fast jede funktionierende Familie ein Mitglied, das – ganz ohne Ernennung zum Hofrat – in Beschwichtigung macht. Üblicherweise ist das die Mutter, manchmal agiert in einer Familie auch der Vater als Beschwichtigungshofrat.

Wie ein Familienmitglied in diese Position kommt, ist später schwer zu eruieren, sicher ist aber, daß sich diese Leute als die wahren Familienerhalter sehen und meinen, ohne ihre vermittelnde, beschwichtigende Tätigkeit wäre die Familie zerstritten, wenn nicht gar zerfallen.

Und sicher ist auch, daß diese Leute ein starkes Machtgefühl haben, denn sie haben ja alle Fäden der Familienfehden in den Händen.

Hat, zum Beispiel, der Sohn unerlaubterweise Papas Wagen genommen und diesem einen Kotflügel verbeult, wendet sich in der Familie mit Beschwichtigungshofrätin der Sohn mit seinem Geständnis nicht an den betroffenen Papa, sondern an die Mama, und die sagt: »Ich bring's dem Papa schon bei!«

Was sie dann auch tut.

Und sie tut es so beredt, sensibel und einfühlsam, daß der Papa dem Sohn hinterher bloß zumurmelt: »Schwamm drüber!« Worauf die Mama erleichtert seufzt und stolz denkt: »Wieder ein Tag ohne Streit vorbei: Wieder 24 Stunden auf dem Familienpulverfaß ohne Explosion überstanden!«

Aber nicht nur zwischen Papa und Sohn vermittelt die Mama. Ein ganzes Netz von zwischenmenschlichen Beziehungen überwacht sie, und merkt sie, daß wo ein Faden im Netz stärker gespannt ist als der Familienharmonie zuträglich, greift sie mit hofrätlicher Diplomatie ein.

Selig, wer so einen Hofrat in der Familie hat?

Mag sein, mag sein! Aber andererseits wäre es vielleicht der Beziehung zwischen Vater und Sohn etwa gar nicht so abträglich, könnten die zwei endlich einmal ihre Konflikte selbst austragen.

Und vielleicht bekäme auch die Beschwichtigungshofrätin ein ganz neues, ungeahnt schönes Lebensgefühl, wenn sie einmal nicht eingreift und sich sagt: Was geht's mich an! Sollen sich die beiden doch endlich einmal zusammenstreiten!

Wie gesund ist Selbstvertrauen?

Selbstbewußte Menschen, die sich immer »etwas zutrau-
en«, haben es gut im Leben. Ob es auch die Leute, die mit
so einem Menschen zusammenleben, immer gut haben,
ist eine andere Frage. Man kann sie nur beantworten,
wenn man weiß, ob der selbstbewußte Mensch aus guten
Gründen so gewaltiges Zutrauen zu sich selber hat oder
ob er sich etliches »zutraut«, was er besser bleiben ließe.

An jemandem, der beim Anblick eines verstopften Ab-
flusses erklärt, da brauche man zur Behebung des Scha-
dens keinen Installateur, das könne man leicht selber machen, kann man nur seine Freude haben, wenn dieser
Mensch tatsächlich den Abfluß in Ordnung bringt.

Keine Freude kann man an der Sorte von selbstbewuß-
ten Leuten haben, die sich frohgemut ans Abschrauben
des Siphons machen, dann sämtliche Dichtungen hinter
den Herd rollen lassen, hierauf einen Kübel unter die
Abwasch stellen und selbstbewußt mit dem Hinweis, daß
da ein Installateur her müsse, das Weite suchen.

Solange sich jemand aber bloß in bezug auf Sachen irr-
tümlich etwas »zutraut«, bleibt der Schaden meistens ge-
ring und irgendwie behebbar. Tobt einer sein falsches
Selbstvertrauen aber gegen Mitmenschen aus, wird die
Sache fatal, und sind die Mitmenschen Kinder, wird die
Sache direkt unanständig.

Ein trauriges Beispiel dafür sind Väter und Mütter, die
sich »zutrauen«, mit ihren Kindern zu lernen, obwohl sie
von dem, was die Kinder erlernen sollten, nicht die geringste Ahnung haben. Ich kenne einen Herrn, der
spricht seinen Boiler als »Beuler« aus und ist nicht in der
Lage, einem englischen Paar den Weg vom Stephansplatz

zur Oper zu erklären. Aber mit seinem vierzehnjährigen Sohn übt er tagtäglich Englisch und ist überzeugt, daß er das arme Kind von einem Nichtgenügend auf ein Befriedigend bringen wird.

Ich kenne auch eine Mutter, die keine Ahnung hat, daß man zur Lösung einer Gleichung mit zwei Unbekannten zweier »Ansätze« bedarf. Trotzdem verbringt sie gut eine Stunde am Tag damit, ihrer Tochter Gleichungen mit zwei Unbekannten zu erklären. Und zeiht die Tochter der Faulheit, der Unkonzentriertheit und der Dummheit, weil sie das Lösen von Gleichungen noch immer nicht begriffen hat.

»Wie vernagelt ist das Kind«, klagt sie und will nicht einsehen, wer da den Hammer in Händen hat und emsig nagelt.

In einer Familie, die freundlich und friedlich funktionieren soll, darf der Eigentumsbegriff der einzelnen Familienmitglieder kein allzu ausgeprägter sein. Schwestern, die die Schlüssel zu ihren Kleiderschränken an Halsketten herumtragen, Mütter, die Weinkrämpfe bekommen, wenn ihre Töchter nach ihrem Parfüm duften, und Väter, die in verbitterten Gram verfallen, weil ihre Söhne ihre Krawatten umgebunden haben, sind unleidliche Familienmitglieder.

Aber ein bißchen »mein« und ein bißchen »dein« braucht ein jeder, auch das im Familienverband lebende Individuum. Und meistens sehen das die anderen Verbandsmitglieder auch anstandslos ein.

Mir – zum Beispiel – gehören als ganz private Besitztümer: der Mistkübel, die leeren Flaschen, die alten Zeitungen und der Einkaufskorb. Mir gehören auch meine Blusen und Hosen und Röcke, mir gehört überhaupt meine gesamte Kleidung, wenn sie schmutzig ist und der Reinigung bedarf.

Mir gehören die schmutzigen Fensterscheiben und die Schallplatten, wenn sie hüllenlos auf dem Teppich liegen. Und mir – ich bitte um Pardon für die genierliche Erwähnung – gehört das WC, ganz gleich, in welchem Zustand der Verschmutzung es auch immer sein mag.

Überhaupt alles, was der Wartung, der Betreuung, der Pflege und der Fürsorge bedarf, ist *mein* Eigentum, das als solches von jedermann geachtet und respektiert wird.

Einzige Ausnahme, und das merke ich seit nun fast zwanzig Jahren, sind meine Töchter. Die sind nämlich manchmal »meine Töchter« und manchmal »seine Töchter«.

Mir haben sie immer gehört, wenn sie gebrüllt und getobt haben, wenn sie Schulschwierigkeiten hatten und Unordnung machten und gegen sämtliche Regeln des kommoden Zusammenlebens verstießen.

Meinem lieben Partner gehörten sie, wenn sie den Führerschein gleich im ersten Anlauf ergatterten, im frühkindlichen Alter hohe geistige Leistung vollbrachten und Ansätze zu edler Charaktergrundhaltung zeigten. Dann waren die guten Geschöpfe »seine« Kinder.

Die guten Geschöpfe hingegen haben im Laufe der Jahre immer wieder betont, daß sie weder ihrer Mutter noch ihres Vaters Eigentum seien, sondern ausschließlich »sich selber« gehörten!

Schön wäre es, wenn auch mein Mistkübel, mein Fußboden und mein WC diesen Standpunkt so eisern vertreten würden.

Familienleben durch Zwangsentzug

In letzter Zeit treffe ich Menschen, die berichten, daß sie den Fernsehapparat hergeschenkt, weggeworfen oder aufs Dach verbannt haben. Die Leute, durchwegs sogenannte »Intellektuelle«, behaupten, die Entfernung der Bildröhre aus dem Wohnzimmer sei ein demokratischer Familienbeschluß gewesen, der den Sinn hatte, wieder »aktives Familienleben« einzuführen.

Angeblich hat sich der Familienbeschluß durchwegs als richtig erwiesen. »Nun haben wir wieder schöne Abende!« sagen die TV-Entferner. »Wir reden wieder miteinander, wir diskutieren, wir spielen, wir haben Spaß!« (Die Mitteilung, daß nun im Sextett Hausmusik gemacht werde, erhielt ich nur ein einziges Mal; sie ist also – weil nicht typisch – vernachlässigenswert.)

Aufs erste gehört, klingt das ansprechend. Länger überdacht, frage ich mich aber, warum da gleich eine »Roßkur« nötig ist? Man braucht das Gerät ja nicht aufzudrehen!

Irgendwie riecht die Sache nach: »Das Fernsehen, der große Verführer, das Teufelswerk!«

Meine privaten Erfahrungen sind anders. In meiner Familie gibt es niemanden, der so intensiv ›Dallas‹ oder ›Die Profis‹ beglotzt, daß er nicht bereit wäre, das »Aus«-Knöpfchen zu drücken, wenn ich ihm von mir und meinem Zustand berichten wollte.

Ich habe zu Hause allerdings einen, der liest pro Woche seine tausend Seiten. Während der nicht geringen Zeit, die er dafür braucht, ist er fast taub und beinahe stumm. Und dann habe ich jemanden im Haushalt, der verstöpselt sich mit einem Walkman und ist daher nicht in der

Lage, Botschaften – abseits denen der Gruppen Ideal und Blümchenblau – zu empfangen.

Und dann gibt es noch ein Familienmitglied, das liebt es, allein in seinem Zimmer zu sein. Was es dort tut, weiß ich nicht, weil es die Tür schließt.

Soll ich nun einen demokratischen Familienbeschluß auf Bücherverbrennung und Einsamkeitsverbot beantragen? Aber Bedürfnis nach Einsamkeit, Lesen und Musikhören gehört zum anerkannten gutbürgerlichen Kulturverhalten. Niemand darf wagen, wegen ein bißchen »aktiven Familienlebens« dagegen zu wettern.

So stricke ich halt des Abends und schaue dabei ein bißchen fern und warte, ob wer ein Buch weglegt, den Walkman abnimmt oder aus seinem Zimmer herauskommt.

Und, ich schwöre: Irgendwann einmal wird weggelegt, abgenommen und herausgekommen. Und das – finde ich – ist schöner als Familienleben durch Zwangsentzug; und sei er noch so demokratisch!

Manche Eltern wissen das Glück, das sie mit ihren Kindern haben, wirklich nicht zu schätzen. Ganz normal und durchschnittlich erscheint es ihnen, daß der Nachwuchs klaglos funktioniert und sich den Wünschen, Bedürfnissen und Gewohnheiten der Eltern anpaßt, ohne aufzumüpfen.

Besonders in Urlaubszeiten fällt mir das auf, wenn mir Leute erzählen, daß sie eben aus Sizilien oder Schweden, aus Frankreich oder Portugal zurückgekehrt seien und daß sie diese Reise mit dem Auto und zwei Kindern auf den Rücksitzen gemacht hätten.

»Ach«, sagen diese Papas und Mamas, »das ist doch kein Problem, die Kinder schlafen oder lesen oder reden miteinander!«

Meine Erinnerungen an Autofahrten mit Kindern sind da ganz anders: Klopause auf jedem dritten Parkplatz (meistens erfolglos, weil der Lokus zu unappetitlich), Durst von Purkersdorf bis zum Brenner, Streit und Gerangel zwischen Schwester und Schwester und pro Kilometer dreimal im Chor die Frage: »Sind wir nicht endlich da?«

Außerdem erinnere ich mich an zwanzig Kinderfinger voll weicher Schokolade und Streit um das letzte Frischetüchlein, an käsebleiche Übelkeit nach der vierten Haarnadelkurve und an gescheiterte Versuche des Kindsvaters, durch Absingen anstößiger Lieder den Nachwuchs in bessere Laune zu versetzen, und an meine hilflosen Bemühungen, die lebende Fracht im Fond des Wagens positiv zu beeinflussen. Und dazu kam noch, von Wien bis Florenz, das schlechte Elterngewissen, weil gute Eltern ja ein solches haben müssen, wenn sie den lieben Kleinen solch eine Reisetortur antun.

Das Elterngewissen dürfte der Schlüssel zum Rätsel sein, warum manche Leute Kinder haben, die auf langen Reisen – und sonst auch – klaglos funktionieren. Das sind die Kinder der Eltern, die kein schlechtes Gewissen haben.

Haben die Eltern ein schlechtes Gewissen, merken das die Kinder und werden unausstehlich. Womit ich nicht sagen will, daß die Eltern ohne schlechtes Gewissen im Recht seien.

Recht haben eigentlich nur die Eltern, die von 1000-km-Fahrten Abstand nehmen, so sie Kleinkinder mit sich führen.

Das Gefühl »Mir ist kalt« und das Gefühl »Mir ist heiß« entsteht leider nicht bei allen Menschen unter gleichen Temperaturbedingungen.

Im Sommer ist das eine Angelegenheit, die jeder allein mit sich und der herrschenden Wetterlage auszumachen hat. Aber nun ist schön langsam wieder die Zeit angebrochen, wo die divergenten Auffassungen darüber, was ein »wohltemperierter Raum« ist, zum Familienproblem werden können.

Es soll ja Familien geben, wo sich alle Familienmitglieder in Sachen Raumtemperatur einig sind. Die sind glücklich zu preisen!

Und die Unterabteilung dieser glücklichen Familien, die, wo sich alle Familienmitglieder bei 18 Grad Celsius wohl fühlen, ist natürlich doppelt und dreifach glücklich zu preisen, wegen der minimalen Heizkosten.

Aber in den meisten Familien, die ich kenne, bricht jeden Herbst der »Heiz-Krieg« aus. Immer fröstelt einer vor sich hin, und einer bekommt Beklemmungen, weil eine »Affenhitze« herrscht.

Einer redet von Energiekrise und Gas-Strom-Koks-Kosten, und einer sagt, bevor er erfriert, ißt er lieber trockenes Brot und trinkt nur mehr Wasser.

Einer schleicht heimlich zum Thermostaten und schiebt den Regler listig gegen die 30-Grad-Grenze, einer schleicht noch listiger hinterher und drückt den Regler hämisch grinsend auf die Null-Markierung herab.

Zur Rede gestellt, hält er dann einen Vortrag über die braven Rotchinesen, die bei 16 Grad glücklich ihrem Tagwerk nachgehen.

Bei anderen Meinungsverschiedenheiten, die in Familien auftauchen, kann man an die Toleranz der Familienmitglieder appellieren. Beim Problem »Raumtemperatur« ist das sinnlos.

Ich zum Beispiel, ich friere leicht. Ich heize gern und gut ein. Schöne 25 Grad sind mir recht. 26 oder 27 Grad stören mich auch nicht. Sogar für das 28-Grad-Zimmer meiner Mutter kann ich Verständnis aufbringen. »Die alte Frau ist eben schlecht durchblutet«, sage ich. »Die braucht das!«

Für Schweißperlen auf der Stirn meines Mannes jedoch bringe ich nicht das geringste Verständnis auf. Der soll sich doch bloß nicht so anstellen! Was hat er denn? Er kommt um vor Hitze? Lächerlich! – Und jetzt reißt er

zwei Fenster auf! Er will mich in den Erfrierungstod treiben! Einwandfrei! – Was sagt er? Hitzschlag sagt er?
Blödsinn! Den gibt es doch gar nicht!

Die Erfindung der Kopfhörer erschien mir immer als großer Glücksfall für Familien mit halbwüchsigen Kindern. So ein Ohrenschutz-Teen, vor der Stereoanlage kauernd, ist zwar kein sehr ansprechender und noch weniger ein ansprechbarer Partner, aber Elternnerven, fand ich immer, werden durch Kopfhörer enorm geschont.

Soweit sich das auf Kopfhörer, die durch Kabel mit einem Plattenspieler verbunden sind, bezieht, bleibe ich bei meiner alten Meinung.

Doch seit einigen Jahren gibt es nun den Walkman, und der hat den »irren« Vorzug, daß man die Musikquelle mit sich herumtragen kann.

Der liebe Nachwuchs lümmelt also nicht mehr versunken auf einem Teppich herum, sondern geht mit verstoppelten Ohren durch die Gegend, putzt Zähne oder Schuhe, belegt sich ein Butterbrot mit Schinken oder Schokostreusel, räumt auf oder macht Unordnung, sitzt auf dem Klo oder schneidet Zehennägel und ist dabei immer mit sich und seiner Musik in Quarantäne.

Die Unansprechbarkeit dessen, der da beidseitig an den Ohren verstoppelt vor der Stereoanlage saß, war für die anderen Familienmitglieder relativ leicht zu tolerieren, weil man ja wußte, daß dieser Mensch demnächst die Ohrenschützer wieder ablegen würde, um sich anderen Tätigkeiten hinzugeben. Und dann war er ja wieder ansprechbar! Der Walkman-Träger hingegen kann verstoppelt bleiben, solange er mag, alles, was er mit den Händen oder Füßen tun muß, alles, was er sehen will, kann er trotz Walkman tun und sehen.

Den Walkman-Träger muß man also stets en face anreden, damit er merkt, daß da wer auf ihn einredet, oder man muß ihm einen Stöpsel aus einem Ohr ziehen.

Ich kenne etliche Mütter, die den Walkman ihrer Kinder aus tiefster Seele hassen.

Aber ein gewisser Neil Postman, amerikanischer Medienforscher von Beruf, meinte in einem Interview mit dem evangelischen Pressedienst: »Über den Walkman brauchen wir uns keine Gedanken zu machen. Wenn Darwin recht hat, löst sich das Problem von selbst. In New York City werden alle Kids mit Walkman von Autos überfahren!«

Ob das ein Trost ist?

In vielen Familien gibt es ein Problem, das früher kaum auftrat. Kinder weigern sich – oft von einem Tag auf den andern –, die »höhere Schule« weiter zu besuchen.

Das tun nicht nur Schüler mit schlechten Noten, bei denen dieses Verhalten leicht zu begreifen wäre. Auch Jugendliche mit gutem Schulerfolg erklären immer öfter: »Keinen Tag länger bringt ihr mich in diesen Tempel!«

Dann fragt man in der Schule nach, »ob es etwas gegeben habe«, aber da sind keine disziplinären Schwierigkeiten, da ist kein Lehrer, mit dem das Kind auf speziellem Kriegsfuß stünde, auch bei den Mitschülern ist es nicht so unbeliebt, daß man da einen Grund für die Schulablehnung sehen könnte.

Was aber noch schlimmer ist: Der junge Mensch kann nicht sagen, was er denn lieber möchte als Schule! Er hat kein Berufsziel, für das eine andere Art von Ausbildung nötig wäre. Grundtenor des Jugendlichen in dieser Situation: Ich weiß nicht, was ich will, ich weiß nur, was ich nicht will!

Das Argument, dann sei es besser, in der Schule zu bleiben, bis er wisse, was er wolle, zieht nicht. Kein Argument zieht.

Je mehr der verwirrte, streikende Schüler mit Argumenten bombardiert wird, um so panischer und verzweifelter reagiert er.

Rezepte zur Behandlung von Schulverweigerern gibt es nicht. Aber Ruhe bewahren und Gelassenheit zeigen, könnte ein Ratschlag sein. Und nicht so tun, als sei die elterliche Enttäuschung nun perfekt, als gehe das Leben nicht weiter, als habe man einen Versager und Tunichtgut großgezogen.

Ein ratloser junger Mensch braucht Hilfe, und wenn wir ihm die nicht geben können, weil wir nicht verstehen, wo sein wirkliches Problem liegt, dann können wir wenigstens versuchen, ihn nicht in bockende, trotzende Isolation zu treiben.

Wir müssen schauen, daß ihm »Hintertürln« offenbleiben, daß der Schritt von der Schule weg, so er als falsch eingesehen wird, wieder revidiert werden kann.

Manchmal, ich weiß es aus Erfahrung, genügt schon ein zweiwöchiger gemogelter Krankenstand, um eine Siebzehnjährige hinterher wieder grämig, aber doch, zum Schulgang zu bewegen.

Sagen Sie nicht, daß sei bloß ein »Aufschub« und ändere die Lage nicht. Viermal aufgeschoben ist schon halb maturiert! Man wird sehr bescheiden als Mutter in diesen Zeiten!

Das Zusammenleben mit Personen, die ihr Hab und Gut nicht in Ordnung halten können, ist manchmal ziemlich schwer. Aber das Zusammenleben mit Personen, die das Hab und Gut der anderen Familienmitglieder in Unordnung bringen, ist noch viel schwieriger.

Man kauft drei Tageszeitungen, geht nach Hause und freut sich schon auf die Zeitungslektüre.

Man kommt zu Hause an, legt die Zeitungen auf den Tisch und kocht Kaffee, weil man zeitunglesend Kaffee trinken möchte.

Man gießt den Kaffee in eine Tasse, trägt die Tasse zum Tisch – und die Zeitungen sind weg. Bloß drei den Zeitungen beigepackte Prospekte liegen dort.

Vergrämt durchsucht man die Wohnung. Den Sportteil entdeckt man auf dem Klo, den Inseratenteil – leicht durchnäßt – im Bad. Kultur, Innenpolitik und Lokales sammelt man in den diversen Zimmern ein, und das Ausland bleibt verschollen.

Man trägt das Wiedergefundene zum Tisch und sortiert es, und die Zeitspanne, die man sich zum Zeitunglesen gewährt hatte, ist um.

Oder: Man kommt spätabends heim und ist total erschöpft und will nichts anderes als zu Bett gehen. Aber das geht nicht, weil ein Familienmitglied sämtliche Knöpfe, die sich im Haushalt befinden, auf dem Bett in Viererreihen arrangiert hat. Auch Nähnadeln, Druckknöpfe und erstaunlich viele Garnrollen liegen auf der Bettdecke.

Fluchend räumt man den Kram vom Bett und hofft, die schlaftrunkenen Augen mögen keine der Nähnadeln übersehen haben.

Halbwegs erträglich wären solche zwischenmenschliche Unarten ja noch, wenn sie von allen Familienmitgliedern aktiv gesetzt und passiv ertragen würden. Aber dem ist nicht so!

In den meisten Familien weiß der Bruder, daß er der Schwester Ordnung nicht verletzen darf. Und die Schwester achtet des Bruders diesbezügliche Eigenheiten. Und beide zusammen wissen, daß der Papa, wenn es – zum Beispiel – um seinen Schreibtisch geht, sehr penibel ist.

Ohne Gewissensbisse und ohne Reue werden fast ausschließlich Sachen verlegt, verstreut, vertragen oder entfernt, die die Hausfrau und Mutter für ihre Arbeit oder ihre Freizeit gerne an dem Ort hätte, wo sie zur Benutzung dienlich sind. Und dies einfach aus dem Grund, weil die Familienmitglieder gar nicht zur Kenntnis nehmen, daß die Hausfrau und Mutter überhaupt Dinge hat, die sie mag oder braucht.

Mütter leiden ...

Wenn ich mich bei Jugendlichen so umhöre, muß ich feststellen, daß es nichts Ungerechteres gibt als Mütter! Unter den Gemeinheiten, die Mütter ihren halbwüchsigen Kindern antun, steht meinen Informationen nach an erster Stelle die, daß Mütter rasend darauf erpicht sind, ihren Nachwuchs »ins Unrecht zu setzen«.

Bei dem, was in einem Haushalt so an Arbeit anfällt, kann man das am besten merken. Die guten Kinder sind nämlich in Wirklichkeit unerhört arbeitswillig!

Sie sehen ein, daß ihre Mama, egal, ob nun berufstätig oder Hausfrau, nicht der Putztrampel der Familie ist! Sie sehen ein, daß man einen Haushalt partnerschaftlich zu führen hat, daß da ein jeder seinen Anteil an Arbeit zu erbringen hat. Sie haben gar nichts dagegen, den Mistkübel auszuleeren, die Badewanne zu säubern, den Staub zu saugen, den Tisch zu decken und die Milch und die Semmeln einzukaufen.

Aber die hinterhältige Mama macht das selbst!

Exakt in dem Augenblick, wo die Tochter das Hinterteil aus dem Stuhl hebt und die Hausschuhe gegen die Stiefel vertauschen will, um sich ans Milcheinkaufen zu machen, fällt die Wohnungstür ins Schloß, und die Mama ist bereits mit der Einkaufstasche unterwegs. Mit dem Mistkübel ist es genauso! Der Sohn ergreift wacker den Mistkübelhenkel und muß feststellen, daß der Mistkübel entleert ist. Und die Tochter, die den Tisch decken will, wundert sich, daß in der Eßzeuglade keine Messer sind, bis sie merkt, daß die boshafte Mama den Tisch schon gedeckt hat. Warum machen Mütter das? Die Kinder wissen es. Sie sagen: »Damit sie leiden kann! Damit sie mir meine Faulheit beweist! Damit man sieht, daß sie sich aufopfert!« Das ist übertrieben! So hinterhältig sind Mütter nicht! Es mangelt ihnen nur an Langmut und Gelassenheit. Wenn der Mistkübel randvoll ist, kann man doch ruhig einen zweiten und einen dritten aufstellen. Irgendwann einmal, vielleicht wenn es in der Küche arg stinkt, wird der Sohn schon seiner Pflicht nachkommen.

»Immer muß bei ihr alles gleich geschehen«, klagen die Kinder. Liebe Mütter! Richtet euch doch mehr nach eurem Nachwuchs! Wenn ihr ihn gewähren laßt, zeigt er euch sicher, wie man den Tisch eine Stunde nach dem Essen schön aufdeckt!

Immer häufiger lese ich in den Kleininseratenspalten: »Wir suchen liebe Omi für unsere lieben Kinder ...«

Das klingt sehr nett! Unausgefüllte, aber rüstige ältere Dame und unbeaufsichtigte Kinder ergeben zusammen eine rundherum glückliche Einheit, und die Kindeseltern, leider nicht mit einer hauseigenen Oma gesegnet, können aufatmen.

Wie ich aber aus Kreisen, wo hauseigene Omas ihre Enkel erziehen, erfahren muß, läuft das nicht immer so rundherum glücklich ab.

Mütter, die ihre Kinder der Oma anvertraut haben, und Omas, die den Nachwuchs ihrer Kinder hüten, haben miteinander oft arge Probleme.

Die »erziehende Oma« hat nämlich in der Familie meistens eine »erzieherische Vormachtstellung«, denn eine junge Frau, die sowohl den Haushalt als auch die Kinder der Oma werktags »zu treuen Händen« überläßt, muß die Art, in der die Oma erzieht, wohl oder übel hinnehmen.

Omas sind ja keine bezahlten Kindermädchen, denen man detaillierte Anweisung geben kann.

Und daß Omas meinen, am besten zu wissen, was Kindern guttut, ist ja nicht selten. Es ist nicht einmal selten, daß sie es wirklich besser wissen.

Häufig ist nur, daß die Mutter der Kinder anderer Ansicht ist und daß in vielen Familien, wo die Oma »das Regiment« führt, allerhand an Wut und Bitterkeit, Verstimmung und Gram leise vor sich hinköchelt.

Wenn die Oma etwa meint, ein Bub habe nicht zu weinen und nicht mit Puppen zu spielen, wenn sie dafür ist, daß »der Größere immer nachgibt« und daß nur Mäderln im Haushalt helfen sollen, meint die Oma dies ja ehrlichen Herzens und ist verbittert, wenn die Tochter Kritik übt.

Und die Tochter ist verbittert, daß sie zuschauen muß, wie ihre Kinder in einer Art und Weise gelenkt und geleitet werden, die sie für schlecht hält.

Für die Oma ist aber die Kritik doppelt hart, denn die Tochter kritisiert, wenn sie der Oma Umgang mit den Enkeln falsch findet, ja auch ihre eigene Erziehung.

Die Oma hört also nicht nur, was sie jetzt falsch macht, sondern auch, was sie vor einem Vierteljahrhundert falsch gemacht hat.

So einfach, daß mit einer »Oma im Haus« alle Probleme gelöst sind, ist die Sache nicht; manche Probleme fangen damit erst an.

Ich koche oft, ich koche gern, ich koche angeblich recht gut, und da ich seit einem Vierteljahrhundert koche, habe ich auch eine gewisse Fertigkeit in diesem Metier entwickelt. Ich gerate also nicht in Endfertigungspanik, wenn ich vier Gänge auftragen will, und werde weder hektisch noch konfus, wenn ich zehn Personen bewirten muß.

Ich beginne nicht einmal zu rotieren, wenn sich statt vier angesagter Gäste acht liebe Esser einstellen, und ich habe schon genießbare Kompromisse auf den Tisch gestellt, wenn offenbar wurde, daß ein Gast mein »Huhn à la Picasso« verschmähen mußte, weil er gegen Paradeiser allergisch war und ein zweiter selbige Speise nicht ausstehen konnte.

Schwierig wird Kochen dann für mich, wenn ich mit mir längere Zeit allein bin und, der ewigen Butterbrote und Kekse überdrüssig geworden, nach einer gekochten Speise Sehnsucht habe. Ich kann mir nichts kochen!

Äußert irgendein Mensch – es muß gar kein geliebter sein – den Wunsch nach Palatschinken, bin ich jederzeit bereit, sie zu erzeugen, und beteuere, daß das wirklich keine Mühe mache und im Nu ganz leicht herzustellen sei.

Bin ich mit mir allein, überlege ich, ob ich mir Spiegeleier oder Eierspeise machen soll, und entscheide mich für Spiegeleier, weil ich mir da das Verquirlen erspare; dabei kann ich Spiegeleier nicht leiden!

Daß ich für mich nicht kochen mag, hat wahrscheinlich den Grund, daß ich allein nicht essen kann. Es gehört für mich zu den ganz trostlosen Dingen im Leben, einsam vor einem vollen Teller zu sitzen.

Ohne Eßpartner starre ich auf das zarteste Filet wie ein Kind, zu dem man gesagt hat: »Du stehst nicht auf, bevor der Teller leer ist«, in den Spinat starrt. Ohne daß ich jemanden frage: »Schmeck's?«, ohne daß jemand sagt: »Herrlich!«, bin ich verloren!

Vor der absoluten Nulldiät schützt mich in solcher Lebenslage nur eine Zeitung. In diese starre ich dann und führe dabei die Gabel zum Mund und kaue und schlucke und nehme nicht wahr, ob ich Filet oder Eier in mich hineinstopfe.

Unlängst trug ich meiner Mutter dieses Problem vor, und sie sprach: »Na klar! Wer wird sich denn mit sich selber soviel Mühe machen? Eine richtige Frau ist halt keine Egoistin, die auf sich selber schaut!«

Da wurde mir allerhand etwas klarer. Wie wir so – von Generation zu Generation – unser frauliches Pensum erlernen, ist doch deprimierend. Oder?

Manchmal betrachte ich verwirrt meinen Nachwuchs und möcht' am liebsten stammeln: »Ihr Braven, danke, daß aus euch was geworden ist, obwohl ich so sehr gegen alles verstieß, was euch frühkindlich not tat!«

Denn wahrlich, das tat ich!

Schuldlos zwar, aber das konnten die Babys ja nicht wissen.

Ich weiß es schließlich auch erst, seit ich in den letzten Jahren allerhand Einschlägiges gelesen, gehört und gesehen habe.

Ich habe meine Kinder nicht »sanft« geboren, sie lagen nach der Geburt nicht auf meinem Bauch, und ihr Vater war nicht anwesend.

Eine Schwester wusch, wickelte und zeigte sie mir kurz, dann kamen sie ins Säuglingszimmer.

»Rooming in« war damals ein unbekannter Ausdruck, und Väter an Geburtswehen zu beteiligen, ein absurder Gedanke.

Einmal allerdings hatte ich davon gelesen. Bei Hemingway. Da hält ein Indianer den Geburtsschmerz seiner Frau nicht aus und erhängt sich.

Es war damals also nicht bloß so, daß mir eine uneinsichtige Obrigkeit die Anwesenheit meines Partners verweigerte, ich hatte damals einfach kein »feeling« dafür, daß er hergehören würde; nicht nur wegen der von Hemingway angedrohten Folgen, sondern vor allem, weil man mir beigebracht hatte, daß eine Frau, so sie erotisch begehrt werden will, vor einem Mann nicht zu schwitzen, zu röcheln und zu stöhnen hat.

Schön blöd, aber so war's halt!

Und das ausgiebige Stillen, das zum guten Start ins Leben gehört, das haute auch nicht hin! Nach ein paar fruchtlosen Versuchen sagte die Schwester: »Es kriegt die Flasche, und wir stillen Sie ab!«

Ich stimmte ohne Skrupel zu.

Wahrscheinlich hätten mir Skrupel und Einwände bei den damaligen Zuständen auf Entbindungsstationen zu Krankenkassabedingungen aber auch nicht geholfen. Ein echtes Wunder also, daß mein Nachwuchs doch noch ganz passabel geworden ist!

P.S.: Obiges ist nicht geschrieben, um über neue, sehr richtige und sehr humane Erkenntnisse herzuziehen und sie lächerlich zu machen, sondern um den ungeheuren Leistungsdruck zu mildern, unter dem etliche der »neuen Eltern« stehen, wenn sie die »neuen Regeln« nicht befolgen können.

Auch vaterlose Kaiserschnittkinder ohne Mutterbrust haben enorme Chancen auf ein glückliches Leben!

Eine alte Volksweisheit, die hauptsächlich in Mütterkreisen tradiert wird, heißt: »Für eine Mutter werden die Kinder nie erwachsen!« Dem innigen Schmelz und dem gerührten Timbre nach, die in Frauenstimmen schwingen, wenn sie diese Weisheit verkünden, scheint der mütterliche Irrtum, welcher der Sachlage zugrunde liegt, ein sehr positiver zu sein.

Aber auch wenn man dazu neigt, so eine hartnäckige Mutter-Kind-Beziehung negativer zu sehen, muß man zugeben, daß der Mütter, für die die Kinder nie erwachsen werden, viele sind.

Ich kenne einen alten Herrn, der kann bei Regenwetter nicht ohne Schal aus dem Haus gehen.

»Hansi, achte auf deinen Hals!« ruft sein uraltes Mütterlein und jappelt schalwedelnd hinter ihm her. Und der Hansi nimmt hilflos ergrimmt den Schal, wickelt ihn um den Hals und ist stolz, daß er dem uralten Mütterlein vor zehn Jahren abgewöhnt hat, ölgetränkte Wattepfropfen in seine anfälligen Ohren zu stopfen.

Auch über das Quantum Nahrung, das erwachsene Kinder zu sich nehmen sollen, meinen viele Mütter entscheiden zu müssen.

Kaum hat sich die übergewichtige Tochter drei Kilo Speck weggehungert, fordert das Mütterlein entschieden: »Jetzt ist Schluß! Direkt hager schaust du schon aus!« Und dann kocht das Mütterlein ein Einmachsupperl, weil die Tochter schon vor vierzig Jahren dicke Supperln gern gemocht hat, und bietet es mit der Ein-Löffel-für-den-Papa-Methode an.

Meine Mutter beobachtete mich gestern abend bei

schreibender Tätigkeit. Vom Nebenzimmer traf mich ihr rügender Blick alle paar Minuten. Sagen Sie nicht, ich könnte das gar nicht gemerkt haben! Ich bin eine gut erzogene Tochter, ich fühle meiner Mutter Blicke, auch wenn sie meine Kehrseite anpeilen.

Als es Mitternacht war, kam meine Mutter zu mir ins Zimmer, legte eine Mutterhand auf meine Schulter und sprach: »Jetzt machst aber Schluß, Mauserl! Es ist Zeit zum Heidi-Gehen!«

Da schüttelte ich die Mutterhand ab, schrieb emsig weiter, legte dann, als ich nicht mehr arbeiten konnte, eine Schallplatte auf und wankte schließlich gegen vier Uhr früh ins Bett.

Jedes kleine Mäderl muß halt einmal anfangen, den Ablösungsprozeß von der Mutter in die Wege zu leiten.

Um diese Jahreszeit gibt es hierzulande eine Menge Mütter, die täglich voll der guten Hoffnung des Briefträgers harren und dann tief enttäuscht allerhand Reklamematerial durchschauen und bekümmert murmeln: »Warum schreibt er (sie) denn noch immer nicht?«

Mütter wollen immer wissen, wie es ihren Kindern geht. Haben sich die Kinder von ihnen entfernt, wollen sie es besonders dringend wissen. Das ist zu verstehen. Man macht sich schließlich Sorgen! Züge können entgleisen, in Heimen grassieren gern Infektionen, auch Heimweh ist eine schreckliche Krankheit.

Und wenn dem Buben keiner sagt, daß er die nasse Hose ausziehen muß, dann hat er doch gleich den Schnupfen! Und wenn auf das Mädel keiner richtig aufpaßt, dann verliert sie doch alles, Geld und Regenmantel, guten Mut und Zuversicht!

Der Sohn der Frau X., der kleine Depp, hat in London eine Schallplatte gestohlen. Das hat Folgen gehabt, die kann man sich gar nicht vorstellen! Die arme brieflose Mutter durchzuckt ein eiskalter Blitz, und sie denkt: »Vielleicht sitzt meiner auch schon auf einer Polizeistation!«

Wäre heute endlich ein Brief von dem Kerl gekommen, wüßte die arme Mama wenigstens, daß es dem Sohn vorgestern noch gutgegangen ist. Dann wäre ihr schon ein wenig leichter.

»Zwei Zeilen wenigstens«, klagt die arme Mama dem Papa, »könnten wir ihm doch wert sein!« Und der Papa tut dann auf Optimist und so, als wäre es ganz ausgeschlossen, daß einem Kind in der Urlaubsferne etwas zu-

stoßen könnte, und er spricht den Beschwichtigungssatz:
»Aber geh, wenn das wär', hätt' man uns doch verständigt!« Ganz glaubt das die Mama nicht, aber Trost ist das doch ein bißchen.

Eine Mutter kenne ich allerdings, die hat keinen Briefkummer mit ihrem Sohn. Die Frau sorgt aber auch vor! Fährt der Sohn – zum Beispiel – nach England, besorgt sie sich englische Briefmarken, klebt sie auf Postkarten, versieht diese mit ihrer Adresse und dem Satz: Es geht mir gut/schlecht. Eins der letzten zwei Worte durchzustreichen und die Karte in den Postkasten zu werfen, schafft das Kind!

Leder-Fleisch und Gammel-Käse

Als ziemlich konfliktscheue Person tue ich mir mit Beschwerden und Reklamationen ziemlich schwer.

Wickelt mir eine Verkäuferin ein Stück vergammelten Käse ins Papierl und bemerke ich diesen Umstand erst zu Hause, fluche ich zwar vor mich hin, finde aber immer wieder Ausreden vor mir selbst, warum ich mit dem empörenden Käsestück nicht in den Laden zurückeilen und – wie man auf wienerisch sagt – einen »Markt machen« kann. Lohnt nicht, sage ich mir.

Habe keine Zeit dazu, sage ich mir. Oder besonders schlau: In der Zeit, die ich brauche, um den Käse zu beanstanden (samt Hinweg und Rückweg), verdiene ich mir arbeitend mehr, als der Käse wert ist!

Bekomme ich aber in einem Restaurant etwas zu essen, was der Beanstandung wert ist – und das ist gar nicht so selten –, habe ich diese Ausreden nicht und komme direkt in Panik. Aus lauter Furcht vor der inquisitorischen Ober-Frage »War etwas nicht in Ordnung, gnä' Frau?« verberge ich das halbe Steak, das nicht, wie gewünscht, »durch«, sondern »blutig« ist, schamhaft unter einem Rest Beilage oder der Papierserviette, und ertappt mich der Ober beim Abservieren trotzdem und beugt sich vertraulich zu mir und befragt mich, warum ich nicht aufgegessen habe, stammle ich allerhand von »zu großer Portion« und »zu kleinem Hunger«, obwohl die Portion nicht groß und der Hunger noch nicht gestillt ist.

Aber man soll ja an sich arbeiten! Man muß sich überwinden und hinzulernen! Das sagte ich mir gestern in einem Restaurant und schob den Teller mit Rumpsteak und Pommes frites ostentativ von mir.

Eine freundliche junge Dame eilte herbei und fragte: »War etwas nicht in Ordnung?« Ich sprach tapfer und mich kolossal überwindend: »Jawohl! Das Fleisch ist zäh wie Sohlenleder, und die Erdäpfel sind durch und durch ölig!«

Stolz war ich auf mich! Geschafft, dachte ich!

»Zäh und ölig«, murmelte die junge Dame heiter und entschwand beschwingt mit meinem Teller. Damit war der Fall für sie und das Restaurant erledigt.

Wozu, frage ich mich, habe ich nun so hart an mir und meiner Konfliktscheu gearbeitet?

»Darf's ein bisserl mehr sein?«

Unlängst las ich in einer Frauenzeitschrift einen Appell an die Leserinnen. Man möge sich doch, hieß es, entschieden gegen Verkäuferinnen in Lebensmittelgeschäften zur Wehr setzen und deren »Darf's ein bisserl mehr sein?« ein hartes »Nein« entgegensetzen.

Erstens bin ich nun überhaupt kein Anhänger vom »harten Nein«, und zweitens wickeln mir die lieben Damen im Laden meiner Wahl sowieso exakt die Menge Nahrung ins Papierl, um die ich gebeten habe; sofern es scheibchenweise Nahrung ist.

Die Zumutung, mit einem kundigen Messerschnitt haarscharf 15 Dekagramm Gouda vom Käseleib zu trennen, erscheint mir pervers.

Noch abwegiger erscheint mir die Unterstellung, Verkäufer wollten durch nicht exaktes Abschneiden den Geschäftsgang heben. Diese listige Alt-Greißler-Mentalität ist nicht meiner Verkäuferinnen Art. Auf daß sich der Umsatz der OHG, bei der sie schlecht entlohnt dienen, um zwei Dekagramm Wurst pro Kunde hebe, flöten meine Wurstdamen kein »Darf's ein bisserl mehr sein?«

Ich kenne nur eine Person, die dem »Darf's ein bisserl mehr sein?« wirklich verfallen ist: mich!

Ich fülle zwei Meßbecher Waschmittel hinter die Waschmaschinenklappe, frage die Waschmaschine: »Darf's ein bisserl mehr sein?« und gebe ihr noch einen Becher voll. (Das »harte Nein« äußert meine Waschmaschine dadurch, daß sie nach halber Laufzeit viel Schaum spuckt.)

Ich neige dazu, zwei Meter Stoff zu kaufen, wenn der Schnitt 1,70 Meter angibt.

Und wenn das Kochrezept von einem Teelöffel Rosenpaprika spricht, bekomme ich sofort Bedenken, ob meine Teelöffel nicht besonders klein seien, und nehme zwei Teelöffel voll.

Besonders blödsinnig ist mein Darf's-ein-bisserl-mehr-sein-Tick beim Austeilen von Essen. Man hält mir den Teller hin, ich schöpfe Suppe. Einen Schöpfer, noch einen. »Danke, genug«, sagt der Mensch mit dem Teller. Ich nicke.

Aber bevor der Mensch den Teller wegziehen kann, hat er noch einen dritten Schöpfer drauf. Ganz automatisch mache ich das. Bei Dicken wie bei Dünnen, bei freudigen Fressern und bei »Zezerln«. Absicht steckt keine dahinter.

Dieser eine Schöpfer über das Erwünschte hinaus hat mich schon als Kind immer geärgert. Bloß habe ich ihn damals nicht ausgeteilt, sondern erhalten.

Hat Mutter mich total verdorben?

Meine Mutter hat mich in meiner Kinderzeit viel gelehrt. Das meiste, was sie mir beigebracht hat, erlernte ich nicht durch direkte Unterweisungen und Anleitungen, sondern dadurch, daß ich ihr zuschaute und zuhörte und mit ihr zusammenlebte.

Sehr viel von dem, was sie mir so vermittelte, hat mir im Leben geholfen, manches allerdings könnte ich leichten Herzens missen.

Meiner Mutter sind deswegen keine Vorwürfe zu machen. Sie hat mir ja, zum Beispiel, nie flehend oder drohend gesagt: »Christerl, wenn du einmal eine Familie haben wirst und einer in der Familie sagen wird, daß er Hunger hat, dann mußt du schnell aufspringen und hurtig Nahrung herbeischleppen!«

Nie hat meine Mutter auch nur etwas Ähnliches zu mir gesagt! Ich habe bloß eine ganze Kindheit und Jugend hindurch gesehen, daß meine Mutter aufgesprungen ist und Essen gerichtet hat, sobald einer in der Familie den Wunsch nach Nahrung geäußert hat.

Das geht tiefer als alle mahnenden Sprüche und Erklärungen!

Ich erinnere mich auch nicht daran, daß meine Mutter je sagte, eine Frau müsse sowohl den Haushalt erledigen als auch einen Beruf haben. Und dazu noch immer heiter und gelassen sein. Aber meine Mutter hatte einen Beruf und erledigte dazu noch alle Hausarbeit, inklusive Kinderkleider nähen und Pullover stricken und Tischtücher besticken. Und war heiter. Das genügt! Irgendwie komme ich mir schon schuldbeladen vor, weil ich eine Geschirrspülmaschine benutze und manchmal zehn Pullover in die Putzerei trage. Wo doch, laut meiner Mutter, die Sachen schneller kaputtgehen, wenn man sie nicht mit der Hand wäscht.

Wer von einer Mutter großgezogen worden ist, die »Faulheit« als die größte aller Todsünden ansieht, hat es nun einmal nicht leicht im Leben.

Manchmal, nach Tagen und Wochen, in denen ich ziemlich viel gearbeitet habe, fühle ich mich matt und müde. Dann kann es vorkommen, daß ich mich aufs Bett lege und einschlafe. Ich habe mich dabei ertappt, daß ich – von einem Familienmitglied, das nichtsahnend den Raum betrat, geweckt – erklärte, ich habe gar nicht geschlafen; bloß ein bißchen nachgedacht. Ist ja klar! Sonst könnte ja noch einer meinen, ich sei faul!

Daß ich durch so ein Verhalten genau das an meine Töchter weitergebe, was ich leider von meiner Mutter gelernt habe, ist mir in solchen Augenblicken nicht bewußt.

Viele erwachsene Menschen, die auf eine halbwegs glückliche und halbwegs behütete Kindheit zurückblicken können, bedauern des öfteren die Vertreibung aus dem sogenannten »Paradies der Kindheit«.

Meistens ist der erwachsene Mensch bei diesem nostalgischen Rückblick ja enorm im Irrtum. So schön, so ungetrübt, so voll Glückseligkeit, wie er das verklärt erinnert, war sein Kinderleben garantiert nicht. Aber es gibt schon Sachen, die einem unwiederbringlich verlorengegangen sind, wenn man erst einmal sich selbst verantwortlich geworden ist und seinen Mann oder seine Frau zu stehen hat.

Ich, zum Beispiel, trauere Herbst für Herbst, wenn mich ungeimpfterweise Schnupfen-Husten-Heiserkeit mit erhöhter Temperatur überfällt, meinen Kinderkrankenständen nach.

Zehn Jahre alt sein, einen Wollschal um den Hals gewickelt haben und die Füße in sauer riechende Essigpatschen gepackt zu drei winzigen Schlückchen Majorantee überredet werden, einen vierten Polster anfordern dürfen, »Mama, der Hals tut weh« jammern können, etwas Schöneres hat das Leben nie mehr zu bieten!

Vor dem Fenster regnet es, und der Wind heult, wer von draußen hereinkommt, ist naß und durchfroren und sagt, man könne froh sein, im warmen Bett zu liegen. Und in der Schule haben sie gerade Mathe-Schularbeit, und man ist total unschuldig daran, daß man sie versäumt.

Ob man Lust auf Apfelkompott hat, wird man gefragt, und jede halbe Stunde wird einem die Tuchent gewendet.

Und wenn man leidend klagt, daß einem bettlägerig »fad« sei, erbarmt sich ein Familienmitglied und spielt Karten mit einem und verliert dabei aus lauter Mitleid absichtlich.

Natürlich kann man auch als Erwachsener, so man sich eine nette Familie gegründet hat, im Grippefall die Tuchent wenden lassen, um Majorantee bitten und Essigpatschen und Wollschal anfordern. Aber einen zu finden, den man ganz ernsthaft wegen der Halsschmerzen anjammern kann, ist schon schwerer. Und an die Arbeit, die man gerade erledigen würde, wäre man gesund, läßt sich heiteren Herzens überhaupt nicht denken.

Vor allem aber kann sich der erwachsene Grippekranke

nicht mehr als geliebter Mittelpunkt der Familie vorkommen. Und das ist es ja, was die Krankenstände der Kinderzeit so wunderschön gemacht hat.

Das arme Hirn muß einmal abschalten

An manchen Tagen, zu manchen Stunden, geht es ganz satanisch mit mir zu, und zwar so: Ich sitze wo und nehme – zum Beispiel – die Zeitung zur Hand und schlage sie auf und merke, daß ich in ihr nicht lesen kann, weil meine Brille nicht in Reichweite ist.

Also stehe ich auf, klemme mir die Zeitung unter den Arm und mache mich auf Brillensuche.

Kreuz und quer durchs Haus suche ich, und während ich emsig suche – wie das zugeht, ist mir ein Rätsel! –, vergesse ich, wohinter ich denn überhaupt her bin.

Dann stehe ich still und sage mir: Nur keine Panik!

Ich kehre zum Ausgangspunkt zurück und setze mich – und gleich fällt es mir wieder ein: Ach ja, die Brille war's!

So erhebe ich mich wieder und murmle »Brille, Brille ...« und finde sie nun tatsächlich bald.

Aber nun ist die Zeitung weg! Die habe ich irgendwo, während der Brillensuche, abgelegt.

Also tue ich die Brille von der Nase, denn die taugt nur zum Lesen, aber nicht zum Auffinden von Gegenständen, die meinen Augen entfernter sind als sechzig Zentimeter, und das ist die Zeitung im Moment.

Ich mache mich auf Zeitungssuche und vergesse – suchend –, wonach ich suche, und erinnere mich und finde und habe die Zeitung und fahnde nach der Brille ...

Manchmal spiele ich diese traurige Posse dreimal im Kreis mit mir durch.

Gedankenverloren, nennt das meine Mutter.

Das klingt ja gar nicht so übel! Ganz im Gegenteil. Nur Leute, die sich Gedanken machen, können so sehr in ihnen verlorengehen, daß sie auf ihre kleinen Alltagsbeschäftigungen total vergessen.

Der Jammer ist nur, daß ich überhaupt keine Ahnung habe, an welche schönen, hehren und hohen Gedanken ich mich verloren habe. Bloß leer, unheimlich leer, komme ich mir bei solchen Aktionen im Kopf vor.

Weil du sonst soviel denkst, sagt meine Mutter. Das arme Hirn muß eben einmal abschalten!

Mütter sind doch etwas sehr Nettes!

Mein guter Vater, lebte er noch, würde mir glatt grinsend und brutal sagen: »Gräm dich nicht, bis zur totalen Verkalkung dauert es noch Jahre!«

Eine Zeile die Mama, eine Zeile das Bubi

Hausübungen zu erledigen ist für die meisten Schulanfänger eine lästige Sache.

Und die Ansichten über das Maß an Richtigkeit, Vollständigkeit und Gefälligkeit dieser Arbeitsleistung sind in Taferlklaßlerkreisen auch sehr verschieden.

Für berufstätige Mütter wird dieses Problem nicht zu einem enorm gravierenden. Natürlich schimpfen sie, wenn sie schlampige Hausübungshefte sehen, natürlich reden sie dem Kind gut zu, die Sache ernster und aufmerksamer zu tun, aber verantwortlich für die Taferlklaßlerhefte fühlen sie sich nicht.

Anders geht es in der Regel der Hausfrau.

Sie neigt dazu, des Kindes Hausübungen in ihren Verantwortungsbereich einzubeziehen, und will sie genauso sauber und adrett erledigt wissen wie alle andere anfallende Arbeit.

Manche Hausfrauen haben ja nur reizende Kinder, die nach dem Mittagessen und einer kleinen Ruhepause brav Händchen waschen und dann ihr Hefterl aufschlagen und im Nu etwas hineinschreiben, was die Frau Lehrerin mit vielen Sternderln belohnen wird.

Etliche Mütter haben auch Knirpse, die beim Aufgabeschreiben in Tränen ausbrechen, weil ein I-Punkt nicht exakt über dem i steht.

Das ist zwar etwas lästig, aber getröstet und aufgerichtet kann so ein Mini-Ehrgeizling doch ziemlich leicht werden.

Die Mehrzahl der Hausfrauen jedoch hat Schulanfänger, die vergessen haben, was »auf ist«, oder nach zwei geschriebenen Zeilen den Stift wegschleudern oder nach jeder zweistelligen Zahl Wasser trinken wollen oder plötzlich vorgeben, nicht zu wissen, wieviel eins und eins sein könnte.

Das treibt viele Hausfrauen nun vorschnell in Panik.

Nicht nur, daß sie sich beratend und drängend zum Kind setzen, daß sie diktieren, bei anderen Müttern nach der Aufgabe anfragen, sie verfertigen auch eigenhändig die »Zierleisten« und üben sich in Kinderschriftfälschungen, nach dem Motto: Eine Zeile die Mama, eine Zeile das Bubi!

Der unerwünschte Erfolg stellt sich bald ein.

Spätestens um Weihnachten herum kommt der Taferlklaßler gelassen von der Schule heim und spricht: »Mama, heute hast du zehn Sätze auf!«

Kinder, auch die, die keine Aufgaben schreiben mögen, haben es halt so an sich, in aller Unschuld die Wahrheit zu sagen.

Kinder, das weiß doch jeder, haben ein paar kleine Pflichten – wie Schulgang und Mistkübel ausleeren – zu erfüllen, ansonsten aber verbringen sie ihren Wachzustand spielend.

Dieser kindlichen Tätigkeit gehen sie mit enorm viel Phantasie nach. Ein Stück Holz nehmen sie als Tragflügelboot und ein Waschbecken als Ozean, ein Bündel alter Socken wiegen sie als ihr Baby, ein aufgeklapptes Bilderbuch ist ihnen der Semmeringtunnel, und manchmal führen sie ganz allein mit sich selbst ein dreiaktiges Vier-Personen-Stück auf. Und ganz versunken sind die lieben Kleinen in ihre phantasievollen Spiele!

So ist das doch, oder? Es muß so sein, denn ich habe das schon sehr oft irgendwo gelesen und auch von vielen Leuten gehört, daß sie solche Kinder gewesen seien.

Schaue ich mich allerdings in der Bekanntschaft um, muß ich das schöne Bild vom versunkenen Spielkind bezweifeln.

»Geh doch spielen, Schatzi«, ist ein flehender Muttersatz, den man oft hört, und genausooft kann man hören: »Er hat Berge von Spielsachen, aber er spielt nicht. Dauernd ist ihm fad. Er wartet nur, bis im Fernsehen das Kinderprogramm anfängt!«

Es stimmt! Viele Kinder können nicht mehr spielen. Sie können ihre Unterhaltung nicht aktiv gestalten, sondern warten darauf, unterhalten zu werden.

Woher sie das wohl haben, die lieben Kleinen? Vielleicht gar vom lieben Papi und der lieben Mami, die ihre Freizeit so arg kreativ vor dem Fernseher zubringen und für das liebe Kind eine Gute-Nacht-Geschichten-Platte gekauft haben, um den Anfang des Hauptabendprogramms in Ruhe und Frieden konsumieren zu können?

Eine Verkäuferin in einem Spielzeuggeschäft erklärte mir: »Die Eltern suchen gern Spielwaren aus, mit denen sich ein Kind allein beschäftigen kann. Bietet man ihnen Gesellschaftsspiele an, haben sie gleich Angst, daß sie dann mitspielen müßten!«

Spielen scheint für viele Eltern soviel wie »ruhigstellen« zu bedeuten. Kein Wunder, daß die Kinder das bestreiken!

Kind und Apfel

Ein Kind, so weit herangewachsen, daß man von ihm einiges Verständnis erwarten kann, kommt in die Küche, greift in die Obstschüssel, nimmt einen Apfel, reibt ihn an der Hose blank und beißt dann in den Apfel hinein.

Hierauf kaut das Kind, ziemlich lustlos kaut es, und murmelt dabei: »Mehlig ist der!«

Dann legt das Kind den angebissenen Apfel auf den Küchentisch und will sich aus der Küche wegbegeben.

Die Mutter, dies beobachtend und mit dem Vorgang absolut nicht einverstanden, setzt zu einer rügenden Rede an, und da im Radio gerade Nachrichten verlesen werden und der Nachrichtensprecher eben gesagt hat, daß die Versorgungslage in Polen immer kritischere Ausmaße annähme und in den Läden der polnischen Hauptstadt rein gar keine Waren mehr vorhanden seien, nimmt die Mutter dieses als beeindruckenden Appell.

»Burli«, ruft sie, »das geht doch net! In Polen haben die Leut' einen Hunger und nix zum Beißen und du tätest einen Apfel einfach anbeißen und weglegen!«

Das Kind ist tatsächlich beeindruckt. Es kehrt zum Küchentisch zurück und nimmt sich wieder des verschmähten Apfels an.

Die Mutter freut sich, weil sie sieht, daß ihr gutgewähltes Argument erfolgreich war. »Brav, Burli«, lobt sie das Kind und fügt noch hinzu: »Essen wegwerfen, Burli, ist überhaupt eine Sünd'! Dazu gibt's viel zuviel Hunger auf der Welt!« Das Kind namens Burli nickt und mampft eifrig. Man merkt, es hat die Sache eingesehen. Kinder sind verständig.

Kinder sind auch voll Mitgefühl. Daß Essen wegwerfen, wenn andere Menschen hungern, eine Sünde ist, begreifen Kinder schneller als das kleine Einmaleins.

Aber leider sind die Nachrichten im Radio noch nicht zu Ende. Der Sprecher verliest jetzt eine, die besagt, daß die EWG-Länder riesige Mengen Obst und Gemüse vernichten, damit sie die Preise »halten können«.

Das Kind namens Burli, auch verständig genug, den Inhalt von Nachrichten zu verstehen, starrt den Apfel in seiner Hand an, starrt hierauf die Mutter an und legt dann den Apfel weg und steht auf und geht aus der Küche.

Die Mutter schaut hinter ihm her und würde ihm gern etwas sagen. Nichts Rügendes, bloß Erklärendes. Aber es fällt ihr nichts ein.

Was sollte ihr da wohl auch einfallen?

Unlängst, beim Einkaufen, traf ich Frau M. Frau M. ist die Mutter einer jungen Dame, welche oft bei mir im Haus weilt, weil sie mit meiner Tochter befreundet ist.

Da ich Frau M. nicht näher kenne, wußte ich nicht so recht, was mit ihr reden, und dachte: Redest halt über ihre Tochter! Mütter hören immer gern gute Worte über ihren Nachwuchs!

So ließ ich viel Positives über die junge Dame verlauten, die so oft bei mir zu Hause weilt. Ich lobte nicht nur ihr Aussehen und ihre Intelligenz, sondern auch ihr nettes Benehmen. Dabei log ich mit keinem Wort und keiner Silbe, denn die junge Dame ist mir ein wirklich angenehmer Hausgenosse.

Sie deckt, ohne extra darum gebeten zu werden, den Tisch. Sie räumt das benutzte Geschirr in die Spülmaschine, sie fragt, ob sie mir Kaffee kochen solle und ob ich den Kaffee lieber mit kalter Milch oder mit warmem Obers serviert haben möchte.

Stellt sie bei uns den Plattenspieler an, tut sie es nicht, ohne vorher zu fragen, ob dadurch auch niemand gestört werde. Und wenn sie bei uns duscht, dann putzt sie hinterher die Wanne sauber.

Dies lobte ich lauthals von der jungen Dame und sprach Frau M. meinen Respekt vor ihren Erziehungskünsten aus. Frau M. hörte mir kugelrunden Auges zu, seufzte und sprach dann: »Frau Nöstlinger, Sie verwechseln mich leider. Ich bin Frau M., und meine Tochter ist die Fifi!«

»Aber ja doch!« sagte ich. »Ich weiß, wer Sie sind. Und ich rede ja von der Fifi!«

Es bedurfte noch etlicher Versicherungen meinerseits, bis Frau M. einsah, daß da keine Verwechslung vorlag und ich auch die reine Wahrheit sprach.

Und dann legte Frau M. los! Daß ihre Fifi daheim noch nie die Badewanne gesäubert habe; auch nach zehnmaliger Anmahnung nicht! Daß die junge Dame gar nicht wisse, wo zu Hause der Geschirrspüler stehe, und gefragt, ob die Mama eine Tasse Kaffee möchte, habe Fifi ihr Lebtag lang noch nie! Zu Hause, versicherte Frau M. glaubwürdig, sei die Fifi ein Ausbund an Schlamperei, Unwilligkeit und Unhöflichkeit!

Das ist doch ein Trost für uns alle, geneigte, liebe Leserinnen, die wir unwilligen, schlampigen, unhöflichen Nachwuchs zu haben meinen!

Einen Schmarren! Gut erzogene Kinder haben wir! Fragen Sie nur bei den Eltern der Freunde an! Wir haben leider anscheinend »für außer Haus« erzogen. Und das ist schließlich immer noch besser als gar nicht.

Mütter sind natürlich wirklich nicht dazu da, den Kindern alle Schwierigkeiten, die das Leben mit sich bringt, aus dem Weg zu räumen, aber bei den Schwierigkeiten, das Leben zu meistern, sollten sie ihren Kindern schon tatkräftig beistehen.

Sind die Kinder erwachsen geworden, lehnen sie mütterlichen Rat und Beistand in »großen Angelegenheiten« zwar meistens ab, doch geht es um die kleinen Tücken des Alltags, schreien sie noch immer gern wie in Kinderzeiten: »Mama!«

Der Mama-Schrei ertönt, wenn man ein Kleidungsstück nicht finden kann, wenn die Tortencreme geronnen ist, wenn eine Masche von der Stricknadel gefallen ist, wenn knapp vor dem Weggehen ein Knopf abgerissen ist, wenn der Hammer statt auf den Nagel auf den Daumen geschlagen hat und wenn die Wäsche in der Waschmaschine rosa geworden ist.

Der Mama-Schrei kann auch durchs Telefon kommen, wenn die letzte Straßenbahn weg und kein Taxigeld vorhanden ist, wenn Schlüssel samt Handtasche verloren sind oder wenn im Urlaub das Geld ausgegangen ist.

Meistens können die Mamas ja auch helfen. Sie finden gesuchte Kleider schneller, können Cremes besser reparieren und Maschen hochholen und Knöpfe annähen und »Heile, heile Segen« murmeln und Entfärber benutzen.

Sie können auch Chauffeur spielen und das Haustor aufsperren und – fluchend, aber doch – Lire an sonnige Strände schicken. Doch hin und wieder muß die Mama das erwachsene Kind auch enttäuschen! So einen Akt der Enttäuschung setzte ich eben jetzt, als meine Tochter

»Mama« brüllte und mir schreckensbleich mitteilte, daß auf dem Klo eine sechs Zentimeter lange Spinne sitze!

Abgesehen davon, daß die Spinne höchstens – samt Beinen – vier Zentimeter lang war, ist meine Spinnenangst um nichts geringer als die meiner Tochter. Es ist daher nicht einzusehen, warum gerade ich die eine der zwei erwachsenen Frauen sein soll, die das Ungeheuer wegschafft! Da ich aber eine gütige Seele im Leib habe, die auch mit erwachsenen Töchtern Mitgefühl hat, brüllte ich »Mama!«, und meine Mutter kam und entfernte das Untier.

Ob die alte Frau der Ansicht ist, sie müsse ihre mütterliche SOS-Haltung bis zum Lebensende durchhalten, oder ob sie ganz einfach keine Spinnenangst hat, weiß ich nicht.

Mütter sind, bis auf rare Ausnahmen, stets der Meinung, hübsche Kinder geboren zu haben. Bei dieser Meinung bleiben sie auch – egal wie sich die Kinder leiblich entwickeln – und halten sie, rein optisch, für durchaus edle Geschöpfe. Das bringt mit sich, daß Mütter dann oft sehr rat- und hilflos reagieren, wenn der Nachwuchs mit seinem Aussehen total unzufrieden ist.

Steht die Tochter vor dem Spiegel und heult sich eins wegen der fetten Hüften und der Grübchen in den Hamsterbacken, flötet die Mama beruhigend: »Aber Kind, das ist bloß Babyspeck, der ist doch lieb und verwächst sich!«

Kriegt die Tochter Wutanfälle ob ihrer zweifach gehöckerten Nase, meint die Mutter kopfschüttelnd: »Aber Kind, was hast denn gegen dein Naserl! Dein Naserl ist doch nicht zu groß! Ganz das Naserl vom Opa hast du! Sei stolz darauf!«

Und wenn die Tochter wegen ihrer üppig blühenden Akne gar nimmer aus dem Haus gehen mag und ihre Freizeit depressiv hinter herabgelassenen Rollos verbringt, klopft ihr die Mama aufmunternd auf die Hängeschultern und sagt heiter: »Aber Kind, da schlägt die Pubertät aus! Das sind nur die Hormone!«

Oft werden diese Trostsätze noch mit Hinweisen wie »Sei froh, daß du so ausschaust« oder »Auf die Schönheit kommt es im Leben nicht an« abgerundet. Und dann kommen sich die Mütter ungeliebt und bös behandelt vor, weil »das Kind« den Zuspruch nicht annimmt, sondern – je nach Temperament – noch vergrämter oder wütender wird.

Dabei wäre die Sache doch einfach! Die Mütter müßten sich nur an ihre eigene Jugend zurückerinnern. Und an ihre eigenen Mütter! Jede Mutter war schließlich einmal eine Tochter, die es nicht gern hörte, »Babyspeck« zu haben oder das »Naserl vom Opa«. Ein klein wenig von der Verzweiflung, dieserart getröstet zu werden, müßte doch jeder Mutter noch in Erinnerung sein.

Von allen Fehlern, die wir bei der Behandlung unserer geliebten Kinder begehen, sollten eigentlich die am leichtesten zu vermeiden sein, die an uns selbst begangen wurden.

Und wir wissen doch: Gegen Hüftspeck hilft Diät, gegen Akne hilft der Hautarzt, und zu große Nasen brauchen ein Spezial-Make-up und eine günstige Frisur.

Und sollte es manchen Müttern zu mühsam sein, dieserart Hilfeleistungen zu geben, dann mögen sie doch wenigstens den Mund halten; das Wissen, von der Mama für »schön« gehalten zu werden, hat noch keiner Tochter geholfen.

Unvernünftiges Gleichheitsprinzip

In vielen Familien herrscht ein geradezu rabiater Gerechtigkeitssinn, der darin seinen Ausdruck findet, daß jedes Kind »das gleiche« zu bekommen hat.

Bekommt also der Hansi von der Mama Geld, um sich die heißbegehrte Schallplatte zu kaufen, bekommen auch die Evi und der Xandi den gleichen Geldbetrag, obwohl sie im Moment keine Schallplatte wollen und überhaupt nicht »heiß« begehren.

Mütter, die von diesem »Gleichheitsprinzip« durchdrungen sind, habe ich – zum Beispiel – schon sagen hören: »Mein Sohn tät' einen neuen Anorak brauchen, aber dann müßte ich auch den beiden Töchtern einen kaufen, und soviel Geld habe ich im Moment nicht!«

Auf den ersten Blick erscheint diese familiäre Verteilungsart ja gerecht und vernünftig, denn keines der Kinder kann sich benachteiligt vorkommen.

Letztlich führt sie aber doch auch dazu, daß die Kinder gar nicht mehr darauf achten, was sie selbst gern hätten und brauchen würden, sondern nur darauf, was die Geschwister kriegen und ob auch alles »gerecht und gleich« verteilt wird.

Und da Eltern nie hundertprozentig »gleich und gerecht« verteilen können, finden die Kinder dann irgendwo und irgendwann immer einen Grund zur Klage.

So habe ich schon gehört, daß sich ein halbwüchsiger Knabe bitter darüber beklagte, daß ihm seine Eltern die 400 Schilling, die sie für seinen Bruder für den Nachhilfelehrer zahlen, vorenthalten. Und eine meiner Freundinnen spielt – trotz angegriffener Gesundheit – ernsthaft mit dem Gedanken, statt ihres Halbtagsjobs einen Ganztagsjob anzunehmen, weil sie vor fünf Jahren, als die Finanzen der Familie noch besser waren, ihrer großen Tochter zum 18. Geburtstag ein Auto geschenkt hat.

Nun wird die kleine Tochter aber auch bald 18 Jahre alt und findet, daß ihr nach dem »gerechten Gleichheitsprinzip« ebenfalls ein Geburtstagsauto zustehe!

Und meine Freundin sieht das ein und meint: »Sonst fühlt sie sich ja weniger geliebt!«

Es muß etwas sehr schief gelaufen sein in der Entwicklung eines Menschen, wenn Liebe und Konsumgutzuteilung so eng aneinandergekoppelt sind. Das totale »Gleichheitsprinzip« scheint seinen guten Teil dazu beizutragen.

Der Kindertraum vom »Ausziehen«

Immer öfter höre ich von einem Familienproblem, das so schwerwiegend ist, daß die Betroffenen zu keiner friedlichen Lösung kommen. Das Problem tritt in Familien auf, die mehr Geld als unbedingt nötig und dazu noch ein fast erwachsenes, studierendes Kind haben.

Und dieses Kind, das wirklich alles hat, vom Kleinwagen bis zum herrlichen Jugendzimmer, erklärt eines Tages, daß es »ausziehen« möchte. Weg von Mama und Papa! Da ist eine Wohnung, von Freunden gemietet, in der ist noch ein Zimmer frei. Das Kind macht den Eltern einen Kostenvoranschlag. Genau hat es errechnet, um wieviel das Taschengeld erhöht werden muß, damit es ausziehen kann.

Die Summe scheint hoch, doch das Kind sagt, daß es diesen Betrag jetzt auch koste. Viel Aufwendiges haben ihm die Eltern in letzter Zeit finanziert, und auf solchen Luxus werde es leichten Herzens verzichten, wenn sich der Traum vom »Ausziehen« erfülle.

Das Argument stimmt! Das Kind hat tatsächlich – auch im Haushalt lebend – viel Geld gekostet. Die Eltern könnten also auf das kindliche Ansinnen eingehen.

Aber das tun die meisten Eltern nicht. Sie nehmen übel! Sie tun, als hätte der Ehepartner ohne Vorwarnung die Scheidung eingereicht. Sie fühlen sich ungeliebt. Was sie – in gewissem Sinn – ja auch sind, denn die Zuneigung, die ihnen von ihrem Kind entgegengebracht wird, ist eine andere als die gewünschte. Ich weiß, es fällt schwer, einzusehen, daß die Tochter lieber mit ein paar Typen im Beisl pappige Spaghetti mampft, als am guten, dreigängigen Familiennachtmahl teilzunehmen, und daß sie ihre Probleme lieber mit einem jungen Dödel als mit der weisen Mama bespricht.

Ich weiß, was einem fehlt, wenn einem die Kinder fehlen. Der trübe Blick ins unbewohnte Kinderzimmer ist mir so geläufig wie das plötzliche, einsame Angstgefühl: Was tut sie denn gerade, vielleicht geht es ihr gar nicht gut? Aber das sind Gefühle, mit denen alle Eltern irgendwann einmal zurechtkommen müssen.

Den Kindern das »Ausziehen« zu verwehren schiebt die Sache bloß um ein, zwei oder drei Jahre hinaus. Um ein, zwei oder drei Jahre, randvoll gefüllt mit Streit, Tränen und Szenen. Und diese grausamen Jahre könnte man sich eigentlich – wenn man sich und sein Kind mag – ersparen.

»Ein Ziel vor Augen haben« ist eine dringende Forderung erwachsener Leute an junge Menschen. Ein Ziel zu haben gehört sich! Ohne Ziel, auf das man zustrebt, ist das Leben wertlos und sinnleer!

Darum fragen ja auch Erwachsene schon kleine Knirpse insistierend danach, was sie einmal werden möchten und wie sie ihr weiteres Leben zu gestalten gedenken.

Großer Achtung kann der Knirps gewiß sein, der erklärt, er möchte dereinst Bankbeamter mit fünfzehn Gehältern und Bilanzgeld werden, zwei Kinder und eine blonde Frau haben, in einem Reihenhaus wohnen, einen Mittelklassewagen fahren und seine Rentnertage im Heim »Zum schlohweißen Scheitel« verbringen.

Da weiß man, daß da ein zielstrebig-sinnerfüllter Mensch heranwächst!

Nicht soviel Achtung, aber großes Wohlwollen ist den Knirpsen gewiß, die erklären, Hochseefischer, Tormänner oder Torfrauen, Solotänzer oder Biogutsherren und Vater beziehungsweise Mutter von vierundzwanzig Kindern werden zu wollen.

Dann lächeln die Erwachsenen. Ja, ja, sagen sie, das sind die Träume der Jugend, die Schäume sind. Das gute Kind wird bald einsehen, daß es da nach den Sternen greift. Aber ein Ziel hat es wenigstens, und darauf kommt es an!

Verstört jedoch reagieren Erwachsene, wenn ein Kind überhaupt nicht weiß, was aus ihm einmal werden soll, wenn es sich gar keine »Ziele« setzt. Und wird das Kind älter und weiß immer noch nicht, was sein »Ziel« sein könnte, flippen die Eltern aus.

»In vier Monaten hat er Matura«, klagen sie. »Und soviel wir auch fragen, er hat keine Ahnung, was er eigentlich will! Das ist doch schrecklich!«

Ich finde das nicht schrecklich, sondern sehr verständlich. Ich kapiere schon, daß besorgte Eltern gern schöne Gewißheit über die Zukunft ihrer Kinder hätten. Aber in Zeiten wie diesen ist schöne Zukunftsgewißheit nicht einmal für den siebenjährigen Bankkassier garantiert. Und »kein Ziel haben«, wenn man jung ist, hat auch Vorteile.

Wer nicht strebsam auf etwas hinlebt und hinarbeitet, ist offener, dampft nicht auf einmal gelegten Schienen dahin, kann Haken schlagen, sich auf kleinen Nebenwegen versuchen, umkehren, Rast machen und allerhand überlegen und erleben, was dem Zielstreber entgeht.

Neugierde aufs Leben ist eine positive Sache. Wer schon als Kind ein »Lebensziel« hat, kann nicht sehr neugierig sein und ist daher eigentlich sehr arm dran.

Mein Kind, dein Kind, unser Kind?

Der schöne Ausspruch »Meine Kinder und deine Kinder verhauen gerade unsere Kinder« kann in der schlichten Normalfamilie leider selten verwendet werden. Es ist eher heiteren amerikanischen Familienfilmen vorbehalten, in denen ein Witwer mit drei Kindern und eine Witwe mit drei Kindern die erstaunliche Courage aufbringen, gemeinsam noch drei Kinderchen zu produzieren.

Aber »meine Kinder« und »deine Kinder« hat jede Durchschnittsfamilie; bloß, daß es sich dabei um ein und dieselben Kinder handelt.

Die Mutter sagt zum Vater: »Meine Tochter hat ein Sehr gut auf die Mathe-Schularbeit bekommen!«

Eine Woche später sagt sie: »Deine Tochter wird einen Fünfer in Englisch kriegen!«

Viele Mütter und viele Väter wissen ganz exakt, was an einem Kind »ihr Kind« ist und was an demselben Kind dem Partner zusteht.

Die eher unangenehmen Charaktereigenschaften und Angewohnheiten, welche die Mutter an ihrem Kind beobachten muß, hält sie für väterliches Erbteil oder für das Resultat der väterlichen Einmischung in ihre Erziehungsarbeit.

Also ist es nur allzu gerecht, wenn sie sagt: »Dein Sohn hat schon wieder einmal sein ganzes Taschengeld verputzt!«

Und wenn der Vater an der Tochter Eigenschaften feststellen muß, die ihm an seiner Ehefrau schon seit mehr als einem Jahrzehnt unangenehm sind, ist es doch naheliegend, daß er dann sagt: »Deine Tochter telefoniert schon wieder seit einer geschlagenen Stunde!«

Solang diese Mein-Kind-dein-Kind-Teilung in harmonisch funktionierenden Partnerschaften betrieben wird, mag sie ein augenzwinkernd-neckisches Spielchen sein.

Dort aber, wo Ehen gescheitert sind, wird dieses Spiel auch gespielt, und dort wird es grausam, weil dort die Sache eine neue und bösartige Dimension bekommt.

Es ist nämlich ein gewaltiger Unterschied, ob man an seinem Kind Erbgut eines innig geliebten Menschen zu entdecken meint oder Eigenschaften eines inzwischen verhaßten Menschen.

Und da der geschiedene Partner zwecks Anklage nicht mehr zur Verfügung steht, bekommt das Kind zu hören: »Ganz wie dein Vater!«

Was für Kinder, die zu geschiedenen Vätern ohnehin ein schwieriges Verhältnis haben, keine erfreuliche Sache sein kann.

Geschichten, Anekdoten und Humoresken

Christine Nöstlinger
Mama mia!

128 Seiten. Leinen, illustriert

Ιn unnachahmlicher und bewährter Manier nimmt es Christine Nöstlinger wieder einmal mit allen (einschließlich ihrer selbst) auf. Aus Alltagssituationen, die uns alle sehr vertraut vorkommen und denen wir teilweise recht hilflos gegenüberstehen, erlöst uns die Autorin scheinbar locker mit einem verbalen Befreiungsschlag.

Wo unsereins der Tücke des Objekts aus schierer Verzweiflung erliegt, bringt es „die Nöstlinger" fertig, nach Wunsch humorvoll, weise, zornig und/oder voller Selbstironie zu reagieren. Dabei hilft ihr sicherlich, daß sie offenbar mit fast allen menschlichen Schwächen vertraut ist.

Für die zahllosen Freunde und Fans Christine Nöstlingers wird auch dieser Band wieder ein echtes Elixier gegen die täglichen großen und kleinen Ärgernisse sein. Schließlich hilft dagegen nichts besser, als ein befreiendes Lachen oder wenigstens das Bewußtsein, daß auch anderen ähnliches widerfährt.

VERLAG NIEDERÖSTERREICHISCHES PRESSEHAUS
ST. PÖLTEN–WIEN

Christine Nöstlinger
im dtv

Foto: Klaus Morgenstern

**Haushaltsschnecken
leben länger**
Mit Illustrationen von
Christiana Nöstlinger
dtv 10804 / großdruck 25030

Werter Nachwuchs
Die nie geschriebenen Briefe
der Emma K.
dtv 11321 / großdruck 25076

Das kleine Frau
Mein Tagebuch
dtv 11452

**Manchmal möchte ich ein
Single sein**
Mit Illustrationen von
Christiana Nöstlinger
dtv 11573

**Einen Löffel für den Papa
Einen Löffel für die Mama**
Mit Illustrationen von
Christiana Nöstlinger
dtv 11633

Streifenpullis stapelweise
Mit Illustrationen von
Christiana Nöstlinger
dtv 11750

Salut für Mama
Mit Illustrationen von
Christiana Nöstlinger
dtv 11860

Liebe Tochter, werter Sohn!
Die nie geschriebenen Briefe
der Emma K.
Zweiter Teil
dtv 11949

Mit zwei linken Kochlöffeln
Ein kleiner Kochlehrgang für
Küchenmuffel
Mit Illustrationen von
Christiana Nöstlinger
dtv 12007

Ilse Gräfin
von Bredow:
Kartoffeln mit Stippe
Eine Kindheit in der
märkischen Heide

Das »reizende Fleckchen Erde«, wie es die Sommer-
frischler nennen, ist in den Augen seiner Bewohner
das »mickrigste« Dorf weit und breit. Aber es ist ein
Kindheitsparadies. Hier leben in einem höchst
ungräflich einfachen Forsthaus die Bredows, Nach-
fahren eines der ältesten Adelsgeschlechter in der
Mark Brandenburg. Und hier wachsen in den dreißiger
Jahren Ilse und ihre Geschwister auf. Es ist eine glückliche Kindheit, an die sie sich erinnert, geprägt von
der geliebten Mutter, dem bärbeißig-gutmütigen Vater,
von skurrilen Verwandten, ehrgeizigen Erzieherinnen,
von Hausmädchen, Spielkameraden und den Leuten
aus dem Dorf mit all ihren Tugenden und Schwächen.
Bredow erzählt mit »herzerfrischender Natürlichkeit«
(Verena Auffermann in der ›Rhein-Neckar-Zeitung‹),
»naiv, frisch, ehrlich und echt« (Geno Hartlaub im
›Deutschen Allgemeinen Sonntagsblatt‹). dtv 11537

Irmgard Keun
im dtv

Foto: Isolde Ohlbaum

Das kunstseidene Mädchen
Doris will weg aus der Provinz,
die große Welt erobern. In Berlin
stürzt sie sich in das Leben der
Tanzhallen, Bars und Literaten-
cafés – und bleibt doch allein.
dtv 11033

**Das Mädchen, mit dem die
Kinder nicht verkehren durften**
Von den Streichen und Aben-
teuern eines Mädchens, das nicht
bereit ist, die Welt einfach so zu
akzeptieren, wie sie angeblich ist.
dtv 11034 / dtv großdruck 25050

Gilgi – eine von uns
Gilgi ist einundzwanzig und hat
einiges satt: die Bevormundung
durch ihre (Pflege-)Eltern, die
»sich ehrbar bis zur silbernen
Hochzeit durchgelangweilt«
haben, die »barock-merkantile«
Zudringlichkeit ihres Chefs und
den Büroalltag sowieso. Da trifft
es sich gut, daß sie sich in
Martin verliebt. Doch als sie bei
ihm eingezogen ist, kommen ihr
Zweifel...
dtv 11050

Nach Mitternacht
Deutschland in den dreißiger
Jahren. Ein Konkurrent hat
Susannes Freund denunziert. Als
er aus der »Schutzhaft« entlassen
wird, rächt er sich bitter, und
Susanne muß sich entscheiden...
dtv 11118

D-Zug dritter Klasse
In der Zeit des Nationalsozia-
lismus treffen in einem Zug von
Berlin nach Paris zufällig sieben
Menschen aus unterschiedlichsten Gesellschaftsschichten und
mit unterschiedlichsten
Reisemotiven zusammen...
dtv 11176

**Ich lebe in einem wilden
Wirbel**
Briefe an Arnold Strauss
1933 bis 1947
dtv 11229

Lillian Beckwith im dtv

»Wenn eine unerschrockene Britin sich in die Hebriden verliebt, kann sie bücherweise davon berichten. Wie Lillian Beckwith, die damit der urigen Inselwelt ein herrliches Denkmal setzt.« (Hörzu)

In der Einsamkeit der Hügel
Roman · dtv 11648

Eigentlich wollte »Becky« sich auf einer Farm in Kent erholen. Doch in letzter Minute kommt ein Brief von den Hebriden, der schon durch seine sprachliche Eigenart das Interesse der Lehrerin weckt. Aus der Erholungsreise wird ein Aufenthalt von vielen Jahren auf der »unglaublichen Insel«. – »Nur wer die Landschaft und die Bewohner der Inseln so intensiv kennengelernt hat, kann ein solches Buch schreiben. Die Marotten der Bewohner, deren Gastfreundlichkeit werden so liebevoll geschildert, daß es ein reines Lesevergnügen ist, ihren Wegen zu folgen.« (Hannoversche Allgemeine Zeitung)

Die See zum Frühstück
Roman · dtv 11820

»Sie werden nur Schafe zur Gesellschaft haben.« Diese Warnung hält Lillian Beckwith nicht davon ab, ein seit Jahren leerstehendes Cottage zu erwerben. Mit wahrer Begeisterung stürzt sich die »Aussteigerin« in die Renovierung ihres Besitzes und in das Leben einer Inselbewohnerin ...

Auf den Inseln auch anders
Roman · dtv 11891

»Miss Peckwitt«, die auf den Hebriden ihre zweite Heimat gefunden hat, führt ein Leben, das bestimmt ist von Winterstürmen, Sommermücken, launischen Brunnen und anspruchsvollen Kühen. Vor allem aber sind es die eigenwilligen Charaktere und besonderen Gepflogenheiten der Inselbewohner, die ihr Stoff zu immer neuen Geschichten liefern…

Alle Romane wurden ins Deutsche übertragen von Isabella Nadolny.

Rebecca Stowe:

Bloß ein böses Mädchen

»Dieser Roman ist ebenso scharfsichtig wie liebenswert frech. Er lädt ein zum Vergleich mit dem ›Fänger im Roggen‹, aber Rebecca Stowe hat das ganze Selbstvertrauen einer Schriftstellerin mit einem völlig eigenen Thema.« (Sunday Telegraph)

»»Ein Mann‹, sagte ich, als Miss Nolan mich fragte, was ich einmal werden wollte.« – Die zwölfjährige Maggie müßte eigentlich das glücklichste Mädchen der Welt sein, oder wenigstens von North Bay, wo ihr Vater eine Bonbonfabrik hat. Aber sind die Pittfields wirklich eine so harmonische Familie, wie die anderen glauben? Ist Maggie nicht vielmehr ein ziemlich schwieriges kleines Biest, das alle Leute in Atem hält und mit seinen Phantasien verstört? Warum behauptet sie, daß in ihrem Kopf gleich fünf verschiedene Mädchen und obendrein noch ein junger Mann wohnen? Ist sie verrückt? Oder hat es mit ihrem Lehrer zu tun? Und diesem eigenartigen, etwas lächerlichen, nie ganz aufgeklärten Zwischenfall in der Schule, von dem niemand spricht? »Ein außergewöhnlicher, vollkommen durchdachter Roman.« (Joan Didion)

Rebecca Stowe:
Bloß ein
böses Mädchen
Roman

dtv

dtv 11642